CARTAS DE UM DEMÔNIO
(2ª EDIÇÃO)

Editora Appris Ltda.
2.ª Edição - Copyright© 2020 do autor
Direitos de Edição Reservados à Editora Appris Ltda.

Nenhuma parte desta obra poderá ser utilizada indevidamente, sem estar de acordo com a Lei nº 9.610/98. Se incorreções forem encontradas, serão de exclusiva responsabilidade de seus organizadores. Foi realizado o Depósito Legal na Fundação Biblioteca Nacional, de acordo com as Leis nos 10.994, de 14/12/2004, e 12.192, de 14/01/2010.

Catalogação na Fonte
Elaborado por: Josefina A. S. Guedes
Bibliotecária CRB 9/870

S729c
2020
	Souza, Adílio Junior de
	  Cartas de um demônio / Adílio Junior de Souza.
	  - 2. ed. - Curitiba: Appris, 2020.
	    79 p. ; 21 cm. – (Artêra).
	
	  Inclui bibliografias
	  ISBN 978-65-5523-553-1
	
	  1. Ficção brasileira. I. Título. II. Série.
	
	                                                      CDD – 869.3

Appris
editora

Editora e Livraria Appris Ltda.
Av. Manoel Ribas, 2265 – Mercês
Curitiba/PR – CEP: 80810-002
Tel. (41) 3156 - 4731
www.editoraappris.com.br

Printed in Brazil
Impresso no Brasil

Adílio Junior de Souza

CARTAS DE UM DEMÔNIO
(2ª EDIÇÃO)

FICHA TÉCNICA

EDITORIAL	Augusto V. de A. Coelho
	Marli Caetano
	Sara C. de Andrade Coelho
COMITÊ EDITORIAL	Andréa Barbosa Gouveia (UFPR)
	Jacques de Lima Ferreira (UP)
	Marilda Aparecida Behrens (PUCPR)
	Ana El Achkar (UNIVERSO/RJ)
	Conrado Moreira Mendes (PUC-MG)
	Eliete Correia dos Santos (UEPB)
	Fabiano Santos (UERJ/IESP)
	Francinete Fernandes de Sousa (UEPB)
	Francisco Carlos Duarte (PUCPR)
	Francisco de Assis (Fiam-Faam, SP, Brasil)
	Juliana Reichert Assunção Tonelli (UEL)
	Maria Aparecida Barbosa (USP)
	Maria Helena Zamora (PUC-Rio)
	Maria Margarida de Andrade (Umack)
	Roque Ismael da Costa Güllich (UFFS)
	Toni Reis (UFPR)
	Valdomiro de Oliveira (UFPR)
	Valério Brusamolin (IFPR)
ASSESSORIA EDITORIAL	Evelin Louise Kolb
REVISÃO	Andrea Bassoto Gatto
PRODUÇÃO EDITORIAL	Lucielli Trevizan
DIAGRAMAÇÃO	Jhonny Alves dos Reis
CAPA	Eneo Lage
COMUNICAÇÃO	Carlos Eduardo Pereira
	Débora Nazário
	Kananda Ferreira
	Karla Pipolo Olegário
LIVRARIAS E EVENTOS	Estevão Misael
GERÊNCIA DE FINANÇAS	Selma Maria Fernandes do Valle
COORDENADORA COMERCIAL	Silvana Vicente

AGRADECIMENTOS

Quero, com muito carinho, deixar aqui os meus mais sinceros agradecimentos aos meus pais, Damiana Maria de Souza, amada mãe, e João Evangelista de Souza (*in memoriam*), querido pai, por todo o amor e cuidado que me deram a vida inteira;

Às minhas irmãs, Ângela, Adriana e Aparecida, pelo amor fraternal eterno;

À Dálete Lima, minha esposa e companheira, com quem divido momentos de conquistas e quedas, a quem agradeço por me reerguer;

Enfim, ao meu bom e amado Deus, a quem busco por socorro nas horas mais escuras!

Ao meu amado, porém não conhecido avô paterno, André Cassiano de Souza. Amaria tê-lo conhecido!

APRESENTAÇÃO

Cartas de um demônio é, sem dúvida, a obra que mais emoções me trouxe. Não apenas pelo fato de ser baseada em crimes reais – na cidade fictícia de Tupã Kiriri, evidentemente – mas, também, por trazer à tona a atmosfera de minhas lembranças embaraçadas pelo tempo.

Neste livro que agora tens em mãos, meu caro leitor, tu sentirás o mesmo que senti ao escutar essas histórias quando criança. Sentirás a mesma agonia assustadora que transmiti aos meus amigos e amigas ao lhes narrar os fatos destas páginas. Os assassinatos ocorridos durante as comemorações da Festa das Ruas Escuras ainda hoje me causam medo e pavor tanto quanto antes.

Ninguém pode descrever a sensação que é acordar no meio da noite, suado e apavorado, revivendo essas lembranças. Cada um dos 13 crimes desta obra foi cuidadosamente detalhado nas próximas páginas, para que tu mesmo possas descobrir a identidade do *serial killer*.

Um relato ficcional como este nem sempre é algo fácil de ser contado. Filmes como *O Zodíaco* (*The Zodiac*, 2005), de Alexander Bulkley, e *Zodíaco* (*Zodiac*, 2007), de David Fincher, trazem relatos de assassinatos em série, cometidos por um homem apelidado de "o Zodíaco". São, pois, filmes instigantes, que despertaram (e ainda despertam) a curiosidade do público que os viu. Isso muito me inquietou e acabou por me inspirar a escrever este livro. Tanto na ficção quanto na literatura, o real se desconstrói e se recria a partir de pequenos fragmentos da própria realidade.

Os fatos na literatura podem ser distorcidos, mudados, refeitos e, especialmente, apresentados sob outros ângulos. Mas, para isso, o ponto de partida será sempre a realidade. Nesse sentido, *Cartas de um demônio* é mais do que real.

Neste livro se acham relatos de crimes hediondos, praticados por um inescrupuloso homem que se alegra em tirar a vida de mulheres cuja inocência é por ele questionada. Mas, pergunto eu, quem é imune a erros? Ninguém. Absolutamente ninguém. Nenhum delito ou falha, por menor ou maior que seja, vale o preço da morte. Não há justificativa alguma para o crime de homicídio, latrocínio ou feminicídio, de qualquer natureza, muito menos quando se trata da violência contra a mulher.

    São reflexões como essas que desejo levá-los a pensar. Até o mais santo dos homens *peca* ao macular uma mulher. E não há desculpas para os que ferem, maltratam e machucam pessoas indefesas. E que fique claro: não compactuo com a violência, muito menos com o *machismo*. O que escrevi nestes relatos busca algo maior: *uma reflexão sobre a natureza animalesca humana*. Nós, muitas vezes, agimos como seres irracionais, não nos diferenciando de meros animais que agem puramente pelo instinto.

Cidade de Tupã Kiriri, 31 de outubro de 2019.
Adílio Souza.

PREFÁCIO DA 1ª EDIÇÃO

Um conto de terror verdadeiramente assustador é aquele em que tudo ou quase tudo, de fato, ocorreu no passado.

(Adílio Souza)

O mundo misterioso da literatura ficcional, embora esteja dotado de pura e rica imaginação, muitas vezes nos faz refletir acerca de fatos corriqueiros do cotidiano, afinal, essa é a função da literatura, que mesmo não sendo real, apossa-se de elementos verossímeis para expressar com frequência o que pode estar acontecendo em uma determinada sociedade.

Natural da cidade de Brejo Santo, localizada na região Sul do estado do Ceará, que dista 524 km de sua capital, Fortaleza, o jovem escritor de 35 anos, de futuro promissor, doutor em Linguística, Adílio Junior de Souza, com vasta experiência no contexto linguístico, convida-nos a viajar nas imaginárias e misteriosas histórias macabras da ficção literária policial e científica.

Inspirado no mestre Edgar Allan Poe, o supracitado autor busca envolver o leitor em uma intrigante estória ocorrida na fictícia cidade com nome de origem indígena ligado a Tupã que, segundo José de Alencar, em *Iracema*, é um deus que manifesta o som de um trovão, e aos índios da nação Kiriri, povo guerreiro que deu origem aos povos do Cariri.

Essa cidadela de pouco mais de 30 mil habitantes, em sua maioria composta por imigrantes europeus, localizada em uma região que ainda não possui dados topográficos, serviu de palco para uma das mais obscuras histórias de que se tem conhecimento.

Conforme já dito, todo o enredo está envolto de mistério e suspense, em decorrência de 13 sinistros assassinatos ocorridos ao longo de 20 anos, entre 1971 a 1991, acometendo 13 vítimas do sexo feminino, que são mortas em situações semelhantes. Seria um *serial killer*? Um psicopata? Um maníaco? Foram essas indagações que agitaram a população do vilarejo.

Misteriosamente, o assassino espera para atacar sua vítima de modo premeditado na data de 31 de outubro, considerado Dia das Bruxas. No lugarejo sempre houve a tradição de se comemorar a Festa das Ruas Escuras, momento mais do que propício para que um indivíduo mal intencionado possa cometer tal ato de monstruosidade.

Apesar de minuciosa investigação por parte das autoridades competentes, quem mais se empenhou em desvendar esses enigmáticos e horrendos crimes foi o personagem Adolpho Nunes. Ele, motivado por um sentimento de vingança, tendo em vista que sua esposa, Rosane, foi a primeira vítima, viu-se na necessidade de elucidar o crime.

Ao investigar por conta própria, durante algum tempo, pôde ele concluir que se tivessem encontrado e punido o algoz de sua esposa, muito sangue inocente poderia não ter sido derramado. Afinal, era no mínimo estranho o fato de que, ao cometer seus crimes, o carrasco deixava cartas no local, com o vocativo "Lúcifer", e abaixo do ano, desenhava o símbolo da cruz sagrada de Cristo três vezes seguidas, "† † †". Tais indícios deixavam a investigação mais intrigante.

É dessa forma que *Cartas de um demônio*, narrada em terceira pessoa, dividida em 13 cartas ou contos, que podem ser lidos de forma independente, mas que lidos juntos causam maior abalo psicológico, busca cativar a atenção do(a) leitor(a), com o propósito de que este, após uma leitura (ou, quem sabe, uma investigação anônima), possa elucidar os terríveis crimes.

Assim, desejo uma ótima leitura, com a plena certeza de que a obra que aqui apresento está recheada de elementos que farão com que a sua curiosidade seja aguçada, despontando o lado investigativo que há em você.

Juazeiro do Norte, 13 de março de 2017.
Prof. Daniel Batista Carneiro
Universidade Regional do Cariri

PREFÁCIO DA 2ª EDIÇÃO

A 1ª edição de *Cartas de um demônio* foi publicada em março de 2017 (Virtual Books Editora, 2017), ainda sob o título *Cartas anônimas*. Esse primeiro título não fazia jus ao livro. E por não refletir a vontade do autor – pois pouco transparecia o terror que as cartas revelavam –, estava mais do que na hora de um relançamento!

Nesta 2ª edição, sob o Selo Artêra, da Editora Appris, a obra recebeu o título *Cartas de um demônio*, pela vontade expressa do autor. O texto foi inteiramente revisado, corrigido e agora apresenta nova diagramação. A narrativa não foi modicada em sua essência, apenas certos trechos foram desenvolvidos. As mensagens das cartas precisaram ser retocadas, agora em formato texto, para melhor compreensão do(a) leitor(a).

Por fim, resta dizer que, aos futuros(as) leitores(as), encontra-se aqui uma obra de leitura estimulante, uma narrativa que desperta a curiosidade desde as primeiras linhas. Vale a pena seguir as pistas em busca do verdadeiro assassino!

Campos Sales, 31 de outubro de 2019.
Prof. Daniel Batista Carneiro.
Universidade Regional do Cariri.

SUMÁRIO

CAPÍTULO I 17

CAPÍTULO II 21

CAPÍTULO III 25

CAPÍTULO IV 29

CAPÍTULO V 33

CAPÍTULO VI 39

CAPÍTULO VII 41

CAPÍTULO VIII 47

CAPÍTULO IX 51

CAPÍTULO X 55

CAPÍTULO XI 61

CAPÍTULO XII 65

CAPÍTULO XIII 71

POSFÁCIO 77

CAPÍTULO I

† † †

Em 1971, na cidade de Tupã Kiriri, havia uma comunidade afastada do centro urbano. Todavia, nela se encontrava praticamente tudo o que a população precisava, tais como: casas, edifícios, lojas variadas, inúmeras instituições públicas e privadas, corporação própria, associações civis e muitos outros estabelecimentos. Nessa cidadela, uma forte tradição se estabelecera: a Festa das Ruas Escuras. Era esse um dia de comemoração ao Dia das Bruxas. Ocorria sempre no dia 31 de outubro, época tida como de mau augúrio por causa da festa de *Halloween*.

As pessoas desse vilarejo eram, na maioria, de origem europeia. Por essa razão, o *Halloween* havia se tornado uma data tão comemorativa.

A Festa das Ruas Escuras tinha cinco características importantes: em primeiro lugar, todos os participantes deveriam se fantasiar de preto, com máscaras e capuz; em segundo, os nomes uns dos outros não deveriam ser falados; em terceiro, a festa só poderia ser iniciada após a meia-noite; em quarto, ninguém deveria andar sozinho, a não ser que estivesse voltando para casa; e, por último, e mais importante, exatamente às três da manhã, todos deveriam dar susto em algum conhecido ou desconhecido.

Nesse mesmo ano, numa sexta-feira de agosto, Adolpho Nunes chega à cidade com sua esposa. Ele tinha trinta anos, meia estatura, pele queimada pelo sol escaldante. Tinha cabelos encaracolados. Suas mãos estavam calejadas do trabalho pesado. Casado com Rosane há dois anos, ele decide sair da cidade onde residia com o objetivo de mudar de vida. O casal muda-se para Tupã Kiriri em busca de melhorias na sua condição de subsistência.

† † †

    Era um casal bem aparentado. Eles vestiam-se de modo simples, porém com roupas costuradas com delicadeza pelas mãos de Rosane. Ela, uma jovem de dezenove anos, morena, baixa e de olhos vívidos. Cabelos pretos, longos e ondulados, que lhe cobriam as costas até a altura da cintura. Não tinham filhos.

    Além desses novos moradores da cidadela, outras oito famílias também tinham ido residir naquela localidade. Para uma vila calma e pacata, aquele vai e vem de carroças e outros tipos de transportes com móveis velhos e novos, com novos moradores, causou, evidentemente, alvoroço nas pessoas que ali já moravam.

    Chega, então, o domingo, dia 31 de outubro de 1971. Adolpho e Rosane, como ainda não conheciam a tradição, saíram de casa por volta das cinco da tarde. Foram ao centro da cidade. O caminho era curto, porém era preciso andar por algum tempo. Uma hora de caminhada. Lá chegando, entraram em um pequeno cinematógrafo.

    O cinematógrafo era pequeno, porém muito organizado, com duas entradas principais e três salas com capacidade para até trinta pessoas. Em cada uma das salas, um filme estava sendo exibido. Na primeira, o filme "E o vento levou" ("Gone with the Wind"), de Victor Fleming, de 1939; na segunda, "Laranja mecânica" ("A clockwork Orange"), de Stanley Kubrick, de 1971; na terceira estava sendo exibido "O grande ditador" ("The great dictator"), de Charles Chaplin, de 1940. Decidiram, então, assistir à obra-prima de Chaplin.

    Após o fim do filme, o casal saiu alegre do cinematógrafo. Estavam contentes com o momento anterior. Rosane não se continha de alegria, pois essa havia sido a primeira vez em que estivera diante de uma grande tela. Adolpho, por outro lado, já estivera em outros lugares assim, mas estava feliz por vê-la sorrir.

    Por volta das nove da noite, ao chegarem perto da casa deles, Adolpho percebeu que havia esquecido seus charutos no cinematógrafo.

    — Rosane, que lástima!

    — O que foi que houve, meu senhor?

† † †

— Meus charutos! Eu os esqueci no cinematógrafo! Ei de buscá-los. Retorno antes que pegue no sono!

— Ide com a companhia de Jesus. Retorne logo, meu querido.

E lá se foi Adolpho pelo caminho já escuro, à procura de seus perfumados charutos. Dessa vez, a viagem a pé, que havia durado uma hora, durou pouco mais de duas horas. Adolpho, por não ter como saber as horas, chegou ao cinematógrafo por volta das onze.

— Fechado! Que lástima! – suspirou consigo.

Retornou pelo caminho. No entanto, nesse retorno, dada a dificuldade em enxergar a estrada, acabou demorando quase três horas. A estrada parecia fugir de seus pés. O cansaço já lhe tomara o peito.

Enfim, chegou ao vilarejo. Ele reparou que as ruas estavam completamente escuras. Isso dificultou seus passos, já meio sonolento. Com muito custo, encontrou a estreita entrada para sua casa.

— Aha! – gritaram dois homens, que saíam de uma das casas.

— Deus dos céus! Que é isso? – berrou Adolpho completamente assustado.

— Hahahaha – gargalharam e saíram sem trocar nenhuma palavra com ele.

Adolpho não compreendera aquela brincadeira.

— Que coisa sem sentido! – falou em tom de desaprovação.

Enfim, chegou à porta de sua residência. Para sua surpresa, a porta estava aberta. Ele entrou e foi direto ao quarto, dizendo em voz baixa:

— Rosane! Meu docinho! Está acordada?

Nenhuma resposta veio.

Ele, então, acende a luz e não acredita em seus olhos: Rosane está deitada, completamente despida, em cima da cama, com as duas mãos amarradas e sua cabeça decepada colocada entre os seios ensanguentados. Ao lado do travesseiro havia somente uma carta escrita com pena de ganso. Adolpho só pôde observar por alguns segundos a caligrafia, particularmente trabalhada. Tentou balbuciar alguma palavra, mas caiu desmaiado no chão.

CAPÍTULO II

† † †

    Cinco anos após o trágico assassinato de Rosane, Adolpho permanecia na mesma residência. Não quis sair dali. Inconformado com a morte de sua amada esposa, ele havia decidido, por si próprio, investigar o homicídio. Passou os últimos cinco anos estudando por correspondência e se tornou um investigador particular.
    De 1971 até 1975, ele procurou pistas que pudessem elucidar o que ocorrera. Nada descobriu. Nem mesmo a carta que encontrou na cena do crime continha algo que o ajudasse. Leu e releu repetidamente o texto e nada lhe vinha à mente.
    A carta estava escrita em letras cursivas. O texto era curto, no entanto, bem articulado. Cada palavra fora escrita de modo meticuloso. As linhas produzidas com pena de ganso demonstravam delicadeza. A cor das linhas era fortemente escurecida. O papel amarelo havia sido recortado com precisão. Ao fim do texto não havia assinatura, somente três símbolos similares a cruzes: † † †. Dada à época do acontecimento, nenhuma digital foi colhida. Isso ainda não era possível devido à precariedade dos equipamentos disponíveis à polícia. Todavia a carta foi guardada.
    A cena do crime foi totalmente analisada pelos homens da lei – assim eram chamados os policiais daquela cidade – que, apesar da dedicação, nada encontraram. Nenhum vestígio do assassino. Era como se tudo houvesse sido planejado.
    — Eu o matarei! – disse Adolpho enquanto segurava a carta do assassino, com suas mãos trêmulas.

***

† † †

Chega o mês de outubro de 1975. Adolpho começa a sentir o passado lhe furar o coração. As lembranças da sua alma gêmea aceleram sua mente. A amargura vem à tona. Seria aquele ano a volta do assassino que matou Rosane? O mistério crescia com o passar dos anos desde 1971.

✳✳✳

Longe dali, na casa da família dos Rocha Lima, alguns familiares regressam de uma viagem a Londres. Todos estão felizes, pois irão, mais um ano, comemorar juntos o dia da Festa das Ruas Escuras.

Entre esses parentes, uma moça se destacava: Lívia. Uma jovem de quinze anos, doce e alegre. Nascida loira, como a mãe, e com os olhos verdes iguais aos do pai, Lívia conservava o mais belo que havia neles dois. Era uma moça de sorriso alegre e espontâneo.

Na noite de sexta-feira, dia 31 de outubro de 1975, dia da festa, Lívia arrumou-se toda. Pôs um capuz vermelho, um vestido preto e colocou uma máscara de bruxa. Apesar da figura que ali se mostrava, por baixo daquela vestimenta uma alegre moça se escondia.

Seus irmãos, Pedro e Paulo, decidiram acompanhá-la, visto que sabiam das regras. Pedro e Paulo, gêmeos, eram mais velhos que Lívia. Eram rapazes de boa aparência e de grande beleza. Altos, pele rosada, cabelos cacheados e bem cortados. Um deles utilizava óculos de grau, daí era fácil reconhecê-los. O outro, por sua vez, gostava de passar um creme nos cabelos, que os deixavam com aparência de molhados.

Eis o diálogo que os gêmeos iniciaram ainda no banheiro:

— Pedro, Márcia vai mesmo?

— Claro, homem, já te disse isso ontem.

— E o que faremos com Li?

— E sou eu quem decide? Ora, pois, nós a deixaremos na praça e vamos paquerar. Isso é o que nos importa!

† † †

Com essas intenções nada fraternais, saíram os três, exatamente após a última badalada da meia noite.

Juntos, chegaram à pracinha principal. Havia, ali, onze ou doze banquinhos. A praça era toda iluminada, com muitas árvores, grama verde e inúmeras roseiras. Apesar da noite escura, dava para se ver o quanto era um lugar lindo.

Não demorou muito e Pedro já queria sair dali para se encontrar com Márcia. Ela tinha uns vinte anos, corpo magro, esbelta, com cabelos curtos e ruivos. Além disso, ela tinha sorriso marcante e voz suave. Por algum tempo ela saíra com Paulo, mas o romance não durou muito. Ela decidiu, então, dar uma chance a Pedro. Ele, mais velho do que ela, apesar de ter corpo de um atleta, pouco sabia lidar com as mulheres. Ele saiu sem mesmo se despedir da irmã.

Paulo, ao contrário do irmão, era mais simpático. Era também mais responsável. Seus olhos azuis sempre brilhavam quando ia falar alguma coisa que considerasse importante. Sabendo do interesse do irmão por Márcia, escondeu seu próprio sentimento pela jovem e decidiu silenciá-lo. Vê-la com o irmão novamente o deixou chateado.

Nessa noite, que para ele não passava de mais uma noite comum, ele estava ali, servindo de babá à irmã. Ficou observando Pedro sair com Márcia e se ocultarem na escuridão da noite. Olhou para Lívia, que tentava inutilmente se balançar sozinha em uma gangorra.

— O que estás a fazer?

— Não vês? Quero que me ajudes. Quero balançar esse troço.

— Será que não percebes a tolice que isso é? Idiota! – berrou Paulo, irritado.

Lívia ouviu essas palavras e, chateada, saiu dali chorando e correndo. Contudo Paulo não percebeu que a direção que ela havia tomado era a da própria casa. Por não ser longe, ela achava que poderia voltar sem maiores riscos.

Paulo não se importou, pois não conseguia pensar em outra coisa senão o irmão com Márcia. A dor de perdê-la o incomodava muito.

† † †

Horas se passaram e ele não saiu dali. Por volta das três horas da manhã, Paulo ainda estava sentado em um dos bancos da praça quando, de repente, ouviu gritos:

— Socorro! – gritava uma voz desesperada.

Paulo sentiu o sangue congelar. De imediato, pensou na irmã e o que algum mal poderia ter lhe acontecido. Viu, então, Pedro se aproximar ainda sem fôlego. Estava com a camisa completamente ensanguentada. Seu rosto estava pálido. Respirou um pouco e falou:

— Faz uma meia hora que ouvi Lívia chorando junto de uma árvore perto de onde eu e Márcia estávamos. Falei para Márcia que ia falar com ela, mas quando fui vê-la ela não estava mais lá.

— Onde Lívia está? Me conta! E esse sangue, de quem é? Não me diga que é...

— Não, não é de Lívia. É de Márcia!

— Como assim?

— Depois que voltei ao local onde havia deixado Márcia, ela também não estava mais lá e... e... quando fui procurá-la, eu a encontrei... morta!

— Morta?!

— Sim, Paulo! Ela está morta! Meu Deus, o que vou fazer? – falou aos prantos, indo em direção ao local de onde viera, sendo seguido pelo irmão.

Ao retornarem ao local, eles encontraram o corpo de Márcia, com os dois olhos vazados e com uma barra de ferro em forma de estaca atravessada entre os seios. Na ponta da lança, uma carta amarrada com barbante.

CAPÍTULO III

† † †

Naquele instante, diante da imagem daquela garota morta, uma voz é ouvida.

— Que lástima!

Era Adolpho, que ali chegara. Os dois rapazes olharam para onde vinha aquela voz e veem, por entre as árvores, Adolpho, com suas mãos espalmadas no rosto.

— O que faz aqui? – pergunta Pedro.

— Eu? – indaga Adolpho, saindo por entre as folhas.

— Sim! — retruca Paulo.

— Ando em busca do assassino que matou a minha mulher há cinco anos. Nos últimos quatro anos ele não deu as caras. Mas deu hoje, neste dia dessa maldita Festa das Ruas Escuras.

Ouvindo essa história, os rapazes logo mudam de semblante e seus rostos, que haviam ficado assustados, agora se tornam tristes novamente.

Nesse mesmo momento chegam dois homens da lei a cavalo.

— O que houve aqui, Adolpho?! E vocês, moleques?!

— Vejam vocês mesmos! – responde Adolpho, apontando para o local onde Márcia estava.

Os dois homens da lei veem aquela horrenda imagem. Márcia estava com o corpo suspenso por uma corda amarrada em uma árvore. Os dois olhos arrancados e postos no chão. Entre os seios, uma barra de ferro longa atravessada de um lado a outro e, na ponta, uma carta amarrada.

† † †

Eles descem de seus cavalos. Um deles se aproxima do corpo e retira a carta. Adolpho se aproxima deles e vê, então, ao fim do curto texto, aqueles mesmos símbolos que havia encontrado na carta que o assassino deixou quando matou Rosane.

— Era isso que eu temia! Aquele maldito regressou! – falou consigo, enquanto mordia os lábios com ódio.

***

Longe dali, Lívia havia corrido até sua casa. Ao chegar diante do portão, começou a berrar de modo tão alto que logo seus pais vieram abrir a porta. Entrou em casa e, chorando muito, relatou que seus irmãos a haviam magoado muito, deixando-a sozinha.

***

Nessa mesma noite, no cruzamento entre as ruas Cruz e Souza e Flores, outro crime aconteceu. Porém esse não foi percebido até o nascer do dia. Logo que os primeiros raios de sol surgiram, as pessoas começaram a sair de suas casas para seus afazeres domésticos e trabalhos.

Eleonora, como de costume, todas as manhãs visitava a senhora Glória, uma idosa de setenta anos, que ela cuidava havia alguns anos. Tinha Eleonora cerca de trinta anos, era loira, de cabelos longos, lisos e pele branca.

Nesse dia, algo incomum aconteceu. Ela não foi visitar Glória. Isso jamais acontecera um só dia. A senhora Glória, sem compreender o que ocorrera, pediu para que o jardineiro de sua casa fosse até a casa de Eleonora para saber se estava tudo bem ou se havia acontecido alguma coisa.

— Você pode ir lá, meu filho? – pediu a idosa.

— Claro que posso ir, dona Glória! Irei apenas arriar o cavalo e logo passarei lá – respondeu com delicadeza o jardineiro.

† † †

Em pouco mais de vinte minutos a carroça já estava pronta. O jardineiro saiu apressadamente e foi para a casa de Eleonora. A viagem durou apenas dez minutos.

— Ô de casa?! – falou o jardineiro enquanto batia palmas.

Só o silêncio pairava no ar. Repetiu isso mais duas vezes. Resposta alguma veio. Uma repentina preocupação lhe veio à cabeça, então tentou abriu a porta, mas ela já estava aberta.

Entrou cautelosamente na sala, porém, ao dar cinco passos, escorregou e caiu no chão. Sentiu algo molhado nas costas e mãos. Estava meio escuro porque as cortinas não tinham sido abertas e nada podia distinguir. Levantou-se e continuou seguindo em frente. Procurou uma janela e a abriu. Olhou para si e viu que tudo aquilo era sangue. Muito sangue. O desespero lhe tomou o coração.

O jardineiro correu em direção ao caminho de sangue, que seguia até o quarto. Arrombou a porta. A imagem que viu não é nada que se possa descrever, mas eis que Eleonora estava irreconhecível, pois seu corpo estava completamente mutilado. Duas pernas cortadas em cima da cama, os braços sobre uma penteadeira. O tronco estava no chão e a cabeça em cima de uma cadeira.

— Jesus, meu Deus! – gritou o jardineiro enquanto se benzia, muito assustado.

Ao seu lado, em cima de uma mesinha, uma carta escrita com letras escuras. E, no final, os símbolos que se tornariam mais conhecidos dali em diante: † † †.

CAPÍTULO IV

† † †

Os assassinatos ocorridos em 1975, de Márcia e Eleonora, assim como o do caso de 1971, de Rosane, não foram elucidados. A única relação entre os três feminicídios eram as cartas deixadas junto aos corpos das vítimas. Mas o que haveria de mais comum entre os casos? Como relacionar esses dois crimes com aquele primeiro, sendo que cinco anos haviam se passado? Indagações como essas pairavam na mente de Adolpho.

Ele não conseguiu desvendar nenhum dos crimes. Por mais que tentasse não dormia direito, tinha pesadelos horríveis durante a noite. Seu emprego de vigilante noturno mal cobria suas despesas e seu trabalho como investigador particular não lhe rendia salários, pois, na maior parte do tempo, dedicava-se à busca pelas *cartas do demônio* – assim passou a chamá-las.

Quatro anos se passaram. Em 1979, numa terça-feira, dia 30 de outubro, algo tirou dele o pouco do sono que ainda lhe restava. Encontrou, por acaso, em sua porta, um envelope anônimo contendo três cartas: a primeira datava de um domingo, dia 31 de outubro 1976; a segunda de uma segunda-feira, dia 31 de outubro de 1977; e a terceira, de uma terça-feira, dia 31 de outubro de 1978. Todas as cartas tinham o mesmo tipo de escrita e os mesmos três símbolos de cruzes ao final. Ele logo soube que se tratava do mesmo assassino, pois ninguém mais sabia desses sinais, somente ele e os homens da lei daquela região.

— Preciso levar essas cartas à corporação, caso contrário, posso ser incriminado por esconder tais provas – falou para si mesmo.

Nas cartas, o mesmo tipo de letra e o mesmo tipo de tinta, escritas com delicadeza e com penas de ganso. Os textos continham indicações de três mulheres assassinadas. Porém o que mais intrigou

† † †

Adolpho é que ele não soubera de nenhuma daquelas mortes. Para ele, nada havia acontecido nos últimos anos.

Ele dirigiu-se à corporação. O lugar era uma verdadeira espelunca. Parecia mais uma casa velha do que uma corporação. Paredes amareladas do tempo, telhado empoeirado, dois portões marrons que davam a um salão na entrada, cinco celas com espaço para até cinquenta presos, dois galpões com sete carros velhos, sendo que, destes, apenas dois ainda funcionavam.

Adolpho entrou por um dos portões, indo ao salão. Andando alguns metros pôde perceber olhos em cima dele. Os cinco homens da lei que ali estavam não disseram uma única palavra. Adolpho não os cumprimentou. Entretanto, como não poderia entrar em um lugar daquele sem ser percebido, iniciou uma conversa:

— Onde está o delegado Antunes?

— Na sala dele, onde mais?! – respondeu de modo grosseiro um dos homens da lei, enquanto se ajeitava na cadeira.

— Preciso falar com ele – continuou Adolpho.

— Sobre qual assunto? Se é que posso saber...

— Não é nada importante. Só umas car.. – foi interrompido com o barulho de uma porta se abrindo. Era o delegado Antunes, que saíra de sua sala, soltando baforadas em um cachimbo.

— O que quer aqui, seu bisbilhoteiro? – disse Antunes.

— Precisamos conversar. Só eu e você! – respondeu Adolpho.

O delegado fez sinal para que ele o seguisse até sua sala. Durante mais de duas horas eles conversaram, de portas trancadas. Porém a conversa era em voz baixa e nada se ouvia fora daquele recinto. Os homens da lei lá fora espreitavam e tentavam escutar alguma palavra, mas não conseguiam. Silêncio completo.

Ao fim da conversa, Antunes concluiu:

— Meu Deus! Uma mulher degolada em 1971, uma sem olhos e outra esquartejada em 1975, e agora mais três?! Mas tem algo que não compreendo: quem são essas mulheres de 1976, 1977 e 1978?

†††

Como não soubemos delas até agora? Preciso descobrir imediatamente. Deixe-me ler essas cartas – falou Antunes secamente. Adolpho as entregou e ficou observando o delegado, lendo-as em voz alta:

Lúcifer,

sob a luz do inferno, eu a estrangulei e vi tua vida sumir de teus amáveis olhos verdes.

1976

†††

— Deus, que monstro! – disse o delegado, sentando-se numa poltrona velha.

Lúcifer,

embaixo dessa árvore frondosa, eu a enforco para que sintas meus dedos em tua carne imunda.

1977

†††

— Como pode existir tamanho monstro em nossa cidade?! E isso embaixo de meus olhos?! Hei de encontrá-lo custe o que custar! – completou Adolpho.

Lúcifer,

teus olhos azuis se tornaram vermelhos enquanto a asfixia tomava conta de tua face.

1978

†††

O delegado levantou-se da poltrona e afastou-se um pouco, pôs a mão em uma gaveta e retirou dali outras duas cartas: uma fora encontrada na cena do crime de Márcia e, a outra, na de Eleonora. O delegado entregou-as nas mãos de Adolpho, que as leu, igualmente em voz alta:

†††

Lúcifer,

não verás novamente a luz do dia, nem a impureza da boca que te beijou.

1975

†††

— Como ele diz algo assim de uma moça como Márcia? Deus meu! – disse o delegado, com os olhos marejados. Ele a conhecia a jovem desde criança. Por fim, Adolpho leu a última carta:

Lúcifer,

tua carne está impregnada de bichos e sedenta de prazer, porém não mais à paixão se entregará.

1975

†††

Ele sentiu o medo escorrer pela espinha, indo até a cintura, e subindo novamente até a nuca. Olhou para o delegado e, então, mostrou algo que trazia no bolso: mais uma carta.

— O que é isso? De onde você pegou essa carta? – perguntou Antunes.

— Não peguei. Ela estava no meu quarto, no dia em que minha mulher foi morta, em 1971.

— E por que só agora me diz isso? Você tem essa carta desde 71? Como você foi capaz de guardar uma prova por tanto tempo e escondê-la de mim?

— Não sei. Acredite em mim, não fazia ideia de que isso teria importância!

— Importância? Que tipo de investigador é você que não percebe a importância de uma prova?! — disse, arrancando a carta das mãos de Adolpho.

Os lábios de Antunes não se moveram enquanto lia a carta.

CAPÍTULO V

† † †

O delegado, pensativo, não falou com Adolpho. Apenas fez e um sinal para que ele saísse. Minutos depois, Antunes chamou cinco homens da lei e lhes disse:

— Quero que vocês vasculhem toda a papelada que temos desde o ano de 1970 até hoje e procurem todas as mortes que não possuem identificação. Precisamos encontrar três mortes, especificamente, as que não foram identificadas como assassinatos. Irei explicar o que tenho em mente.

Antunes detalhou toda a conversa que tivera com Adolpho, contando, inclusive, a descoberta da carta que ele escondera. O delegado estava ciente de que havia uma declarada ligação entre as mortes.

— Pelo menos seis mortes ligadas! E nenhuma solucionada! – disse um dos homens da lei.

— Exatamente! – falou um segundo homem.

— E o pior disso tudo é que essas mortes estão acontecendo e nós, como tolos, não sabíamos dessa ligação! – disse um terceiro.

— Devíamos prender esse Adolpho! – falou um quarto homem, enquanto o quinto concordava com a cabeça.

— Não prenderei ninguém por enquanto, afinal, o homem perdeu a mulher! Ele só é um idiota e fez a bobagem de guardar uma prova muito pertinente. Vocês não têm juízo, tolos! – esbravejou Antunes.

O delegado sentou-se novamente em sua velha uma poltrona, que ficava diante de uma pequena lareia, e retirou a carta que tomara de Adolpho. Dessa vez, ele a leu em voz alta:

†††

Lúcifer,

teu caminho se perdeu, então tua cabeça perderás e nua na tua cama morrerás.

1971

†††

Essa leitura foi interrompida com batidas fortes na porta da corporação. Era Adolpho, que retornara.

— O que quer aqui novamente? – perguntou o homem da lei que estava de vigia.

— Tem mais uma coisa que me esqueci de falar com o delegado.

— E mais essa agora? O que pensa que aqui é? Não é sua casa, onde você entra e sai a qualquer momento...

— Que barulho é esse? – indagou Antunes, que saiu atônito de sua sala e veio até o portão.

— Ah, é você novamente? O que quer? – perguntou, enquanto acendia o cachimbo.

— Quando cheguei perto de casa percebi que não falei a você um detalhe. As mortes, pelo que pude perceber, ocorrem sempre na Festa das Ruas Escuras.

— E o que tem isso de relevante?

— Não percebe que amanhã será quarta-feira, dia 31, dia de *Halloween*?

O delegado não havia refletido sobre isso. Não quis demonstrar essa falha, porém engasgou com essa informação. Nem mesmo havia percebido que estava tão perto da Festa das Ruas Escuras. Conversou por mais alguns minutos com Adolpho e pediu para que ele ficasse em sua residência, que não saísse de lá por nenhum motivo. Os homens da lei tomariam conta de tudo.

***

† † †

As horas passaram. Por volta das onze da noite, Adolpho, deitado, tentava em vão dormir. O sono não lhe vinha. As mãos frias e os pés trêmulos não permitiam a tranquilidade se aproximar de seu corpo. Levantou-se. Tomou um banho frio. Sentou-se numa cadeira na cozinha. Ficou refletindo sobre sua vida. Lembrou-se de Rosane. Fez um pouco de café. Enquanto bebia, balbuciava palavras incompreensíveis. Queria muito descobrir quem era o assassino:

— Eu o matarei com minhas próprias mãos! – falou para si mesmo.

Deitou-se novamente. Pegou num sono rápido. Mas despertou logo em seguida, suado e aflito. Aquelas horas eram agoniantes. Precisava de ar puro, tinha de sair e caminhar um pouco.

***

Havia no vilarejo um casal que chegou à cidade de Tupã Kiriri na mesma época em que Adolpho e sua esposa. Luiz e Beth viviam felizes na cidade, até que, um dia, a filhinha deles adoeceu. Elinara, a filha do casal, tinha a saúde debilitada. Com dezesseis anos mal podia ir sozinha à escola. Sofria de uma asma muito forte, cujas crises chegavam a lhe tirar o fôlego.

De 1971 até 1979, Elinara começou, aos poucos, a melhorar. Então, com vinte e quatro anos, havia se tornado uma moça muito bonita. Magra, mas com bela aparência, seus olhos pretos pareciam sorrir; sua pele era branca e seus cabelos ondulados cobriam seus ombros.

Luiz tinha quarenta e cinco anos, mas sua fisionomia lhe dava uma aparência de mais idade. Pele envelhecida, cabelos esbranquiçados e tristeza na face. Diferentemente de Beth, que não aparentava mais do que trinta anos. Uma senhora bem apessoada, muito simpática e de sorriso límpido.

Eram um casal protestante e, por esse motivo, nunca se ausentavam de sua residência no período festivo do *Halloween*. Segundo eles, essa era uma festa pagã e todo aquele que temia a Deus não devia se envolver com tais práticas. Preferiam o aconchego do lar, a leitura das Escrituras e uma ceia em família.

† † †

Logo no início da noite, Elinara foi para seu quarto para estudar a Bíblia. Seus pais ficaram na sala de estar, ouvindo um culto na rádio da cidade. De seu quarto, Elinara ouvia a seguinte conversa:

— Luiz, você soltou o cachorro?

— Não. Amanhã eu solto.

— Amanhã não. Ele vai sujar o gramado e não quero limpar!

— Não irei. E está decidido.

Elinara irritou-se com aquele assunto, pois, por mais que o cãozinho pertencesse a ela, não gostava de ver os pais brigando por isso. Todos os dias era a mesma discussão.

Ela decidiu ir soltar o cão, mas, primeiro, entrou no banheiro e tomou um banho quente. Saiu do banheiro com os cabelos ensopados. Usou uma toalha pequena e os secou delicadamente. Deitou-se um pouco enquanto os cabelos secavam. Adormeceu.

No meio da madrugada, acordou com o latido do cãozinho. Não sabia que horas eram, mas saiu do quarto, passou pela cozinha e foi ao quintal. Estava decidida a soltar o bichinho e prometia para si mesma que daquele dia em diante cuidaria melhor do animal, soltando-o todas as noites para correr livre.

Lá chegando, notou que o cão estava de costas, olhando para o fim do quintal.

— O que está fazendo, Pepeu? Tem um gatinho aí, é? – disse ela, em tom suave.

O cão não se moveu, ficou olhando fixamente para o mesmo lugar. Elinara aproximou-se do cão e abaixou-se para desatar a corda que estava presa ao pescoço do pobre animal.

Ela não percebeu a figura que dela se aproximava. O cão esbravejou e latiu desesperadamente. Ela tentou se virar para ver o que ou quem era, mas não houve tempo. Não havia mais como fugir. O homem a agarrou pela cintura com muita força e bateu em sua cabeça com um martelo, derrubando-a. Ele chutou o crânio do cãozinho com tanto força que o animal sucumbiu sem vida.

† † †

    Em seguida, ele voltou a bater na cabeça da jovem com o martelo. Fez isso inúmeras vezes até que a cabeça dela ficou completamente esmagada. Fez isso sem piedade ou remorso. Antes de deixar o local, o assassino pôs uma carta dentro da blusa dela, próximo aos seios cobertos de sangue.

CAPÍTULO VI

† † †

Algum tempo antes da morte de Elinara, Adolpho havia saído de casa. No instante em que ouviu os latidos de muitos cães, ele sentiu que algo de ruim estava acontecendo. Apesar da distância dos latidos, Adolpho correu na direção deles. Atravessou duas cercas de arame farpado, não sem antes sentir dois pequenos cortes na face e mais um na perna direita.

Ao chegar à rua na qual Elinara morava, Adolpho estava prestes a bater na porta de uma das residências, quando, de repente, um carro da corporação apareceu. Era Antunes e mais dois homens da lei.

— O que faz aqui? Já passa de três da manhã, Adolpho! – falou severamente o delegado.

— Eu estava dando um passeio quando escutei latidos. Há algo estranho. E o barulho está vindo de uma dessas três casas desta rua. Precisamos arrombar as casas!

— Arrombar nossa casa? – perguntou Luiz, enquanto abriu uma das janelas.

— Fique calmo, senhor! Ninguém vai arrombar coisa alguma – falou Antunes, descendo do carro. Voltou-se para Adolpho e disse:

— Adolpho, você está perdendo a razão. Veja que nada aconteceu... – e, então, um grito agudo foi ouvido. Era Beth. Ela encontrara o corpo da filha.

Antunes pulou para dentro da casa pela janela, Adolpho empurrou a porta, quebrando-a. Luiz, desesperado, também correu. Os três foram ao quintal e, então, encontraram Beth segurando a filha nos braços.

— Eu falei que algo estava acontecendo. Acredita em mim agora? – gritou Adolpho, segurando o delegado pelo colarinho.

† † †

— Larga-me ou eu prendo você, idiota – falou o delegado em tom sério. Imediatamente, Adolpho soltou a camisa dele e agachou-se.

Beth chorava muito. Luiz estava em choque. Os dois homens da lei vieram logo após e se depararam com aquela cena triste. Nada mais poderiam fazer.

— Mais uma mulher morta... – suspirou um deles.

— E esses cães latindo? Devemos averiguar, senhor? – perguntou um deles ao delegado.

— Façam isso! Descubram imediatamente! Batam em cada uma das casas aqui perto. Esses cães estão latindo porque alguém passou por essas casas agora há pouco. Ele ainda pode estar por perto! Corram! – ordenou o delegado.

— Esse maldito matou até o cãozinho da menina – falou o segundo homem da lei enquanto deixava o local.

Adolpho observava a moça morta nos braços da mãe sem piscar os olhos. Estava impressionado com tamanha barbaridade. Partes do cérebro dela saíam enquanto a mãe a abraçava, aos prantos.

O delegado notou um papel entre os seios da moça, abaixou-se e o pegou com muita delicadeza. Leu para si mesmo as seguintes palavras:

Lúcifer,

teu sofrimento hoje termina, pois se o ar te faltava, agora tua carne dele não mais precisa.

1979

† † †

Em seguida, abaixou a cabeça, desolado. O peso de mais aquela morte lhe caía sobre os ombros. Não conteve o soluço e o choro. Era, deveras, um bom homem. Cada uma das mortes o abalava mais e mais. E, nesse caso em particular, por ser uma jovem, doeu-lhe muito. Tinha filhas e por elas faria de tudo no mundo. Até matar.

CAPÍTULO VII

† † †

Quase um ano se passara desde aquele dia triste na vida de Beth e Luiz. Enterrar uma filha tão jovem e naquele estado era algo que ninguém merecia, muito menos pais tão amáveis como eles. Era mais um crime sem solução.

O ano de 1980 chegara melancólico e pálido. Em sua residência, Adolpho esbraveja sozinho:

— Sete malditos assassinatos e nada!

Passados esses anos sem nenhuma pista concreta do assassino, Adolpho vivia entristecido. Andava de um lado para o outro da cidade, vagueando e buscando qualquer fragmento de papel que se parecesse com aquelas cartas. Estava obcecado com aqueles casos. Mal consegui trabalhar, alimentava-se pouco. Perdeu peso. Bebia constantemente e fumava o dobro de antes.

Para ele, o segredo para a descoberta do assassino estava no tipo de papel deixado na cena de crime. Vagueou por muitos lugares, porém nada encontrou. Foi a muitos lugares onde vendiam cadernos e folhas de todos os tipos. Pesquisou em dezenas de outros lugares nas cidades próximas. Entretanto não conseguiu encontrar nenhuma folha sequer semelhante às das cartas.

— Que papel é esse? De onde ele tira isso? – questionou a si próprio.

Os meses se passaram e Adolpho não encontrou nenhum elemento que o ajudasse a elucidar aqueles crimes. Parecia cada vez mais distante da solução.

†††

Novamente, chega o mês de outubro e o dia da Festa das Ruas Escuras se aproximava. O pavor de novas mortes deixava o coração desse pobre homem dilacerado.

— Encontrarei esse maldito mesmo que custe a minha vida! – gritou.

Como já era costume em Tupã Kiriri, na comemoração do *Halloween*, em 31 de outubro, as ruas eram limpas e as árvores, pintadas. A festa se expandiu tanto que visitantes de outras comunidades, vilarejos e cidades vinham participar das festividades.

Fantasias pretas, máscaras e capuzes eram vendidos com mais frequência nesse período, o que permitia que a tradição se mantivesse inalterada por décadas.

No entanto algo estava se tornando mais complexo: os sustos, às três da manhã. A cada ano, as pessoas se preocupavam mais com isso do que propriamente com a festa. Os sustos eram elaborados, criativos e cada vez mais fortes. Certa vez, um rapaz matou dois gatos e jogou a carcaça do corpo dos animais na sala da casa de um vizinho. Outra vez, uns garotos jogaram algumas cobras dentro de uma piscina em uma casa em que estavam comemorando um aniversário.

Os rumores dos feminicídios favoreciam as assustadoras brincadeiras. As travessuras, como muitos chamavam a prática, tornaram-se cada vez mais elaboradas. Muitos pareciam não se importar que aquela data houvesse representado a morte de muitas mulheres.[1]

***

Então, no *Halloween* que ocorreu na sexta-feira, dia 31 de outubro de 1980, foi o dia em que Eduardo, o filho mais velho de D. Iaiá, decidiu pregar uma peça em sua esposa, Amélia.

---

[1] Por mais que alguns chamem isso de doentio, de fantasia ou de paixão, e até de *cult*, por muitos, há, de fato, quem goste de se vestir de Michael Myers ("Halloween", 1978), Jason Voorhes ("Friday the 13th", 1980), Freddy Krueger ("A nightmare on Elm Street", 1984), bruxas e muitas outras lendas de filmes de terror na atualidade, para causar sustos nessa noite. Pessoas reais viram temas de filmes, como o assassino norte-americano, Henry Lee Lucas, que se tornou personagem no longa "Henry: portrait of a serial killer" (1986).

† † †

    Eduardo tinha cerca de quarenta anos, cabelos pretos curtos, barba aparada e pele gasta do sol. Tinhas os olhos verdes e sorriso meigo. Vestia-se bem, quase sempre de calças de brim. Homem justo e trabalhador, muito dedicado ao lar e aos familiares.

    Casado com Amélia há pelo menos dois anos, vivia feliz. Amélia, por outro lado, acostumada com a vida na capital, não perdia a oportunidade para fazer reclamações. Irritava-se com pequenas coisas e alegava que a vida em cidade pequena era pura tristeza. Eduardo fazia o que podia para dar-lhe uma boa vida, porém ela não aceitava sua condição de mulher do lar. Para ela, viver na cozinha era coisa de pessoas pobres. Queria uma empregada, mas Eduardo não tinha recursos para pagar. Todo o dinheiro que ganhava só dava para o sustento de casa e ajudar a mãe.

    Amélia era uma mulher de vinte e sete anos, bonita e delicada. Tinha mãos suaves, pele macia e sem marcas do trabalho pesado. Seus cabelos eram longos, cacheados e sedosos, e tinha corpo de bailarina, algo de que muito se orgulhava desde pequena, por ter feito cursos e estudado fora do país.

    Casou-se cedo para deixar a casa dos pais. Contudo logo perdeu o carinho por Eduardo, a quem considerava um homem muito tolo por se dedicar tanto à família e gastar tudo o que ganhava com o tratamento das doenças da mãe.

    Eduardo tinha o costume de viajar a trabalho do interior à capital. Nesse ano havia feito a solicitação de dispensa no emprego naqueles dias, alegando que precisava passar o dia 31 de outubro em casa, com o intuito de levar a esposa ao médico na sexta-feira pela manhã. Já para a esposa, a ideia era dizer a ela que iria viajar na noite do *Halloween* e só retornar uma semana depois. Seu objetivo era fazer uma surpresa à amada.

    Às 11 da noite, Eduardo fechou sua pequena maleta, despediu-se de Amélia com um beijo na face e saiu.

    Para que ela não percebesse, ele foi direto a um bar que ficava a cinco quadras de sua casa. Ficou lá por umas algumas horas, até

†††

que ela pegasse no sono. Não bebeu nenhuma cerveja dessa vez, apenas tomou dois cafés. De lá foi à casa de um amigo com quem frequentemente saía para fazer trilhas e caminhadas.

Ao entrar na casa de Bento, sem bater na porta, Eduardo ouviu a seguinte discussão:

— Ela é mais mulher do que você, Antonia!

— Melhor? Aquela puta?

— Não fale isso! Respeite-a!

— Respeitar aquela rameira, que ora se deita com você ora se deita com aquele pobre do Eduardo? Vai jogar dez anos de casados no lixo?

— Um idiota ele sempre foi! Me cansei desse casamento! – disse Bento, com uma gargalhada meio sem jeito.

— Você não presta mesmo. Me traiu e traiu Eduardo! Como foi se envolver com aquela prostituta?

— Ela não é isso! Nunca foi! Eu a amo e vamos sair daqui juntos. Hoje mesmo iremos. Ele não está em casa. Adeus, Antonia! Tomarei meu último banho nesse banheiro fedido e saio daqui a instantes – falou ele, enquanto pegava uma toalha cinza no armário do quarto.

— E nossos filhos?

— Para os diabos você e eles! – respondeu.

Eduardo saiu dali desesperado, antes que alguém o visse. Ele estava completamente emudecido. Nunca imaginou que Amélia faria aquilo com ele. Caminhou meio sem direção, chorando pelo caminho. Respirou fundo e, aos poucos, recobrou as forças nas pernas e voltou a caminhar um pouco mais, mas não sabia para onde ir. Pensou em ir vê-la e tirar a história a limpo, mas sabia que não tinha mais jeito. Ela não o amava mais.

Pensou em visitar a mãe, mas àquela hora, a pobre D. Iaiá devia estar dormindo profundamente. Sentou-se no chão e chorou. Não acreditava que aquilo tinha acontecido.

† † †

Já era tarde da noite. Andou mais um pouco, refletiu melhor e, decidido a desabafar, saiu correndo em direção ao seu lar. Abriu a porta com toda força que lhe veio às mãos, e subiu as escadas, enquanto gritava:

— Amélia, o que te fiz? Me fale! O que te fiz?

Ao entrar na cozinha e andar alguns passos, ele escorregou no chão molhado e bateu a cabeça no armário. Ergueu-se, esfregou as mãos na cabeça. De um pequeno corte espirraram gotas de sangue de sua testa. Uma agonia tomou conta de seu corpo.

Em cima da mesa havia duas panelas grandes, daquelas que se poderia fazer uma sopa para uma família inteira. Aproximou-se de uma delas. Dentro da primeira estava o corpo de Amélia cortado em pedaços. Sua cabeça, na outra. O sangue escorria do pedaço de pescoço esfacelado e pingava no chão, formando uma poça, na qual Eduardo acabara de cair.

Ao ver isso, Eduardo caiu de joelhos, vomitando muito. O enjoo lhe revirava o estômago.

— Quem fez isso com minha mulher? Meu Deus! Será que foi aquele bastardo do Bento?! Maldito! – gritou, em meio a cuspidas.

Junto da cabeça de Amélia havia uma carta contendo esta mensagem:

Lúcifer,

esta adúltera em partes pequenas te entrego.

1980

†††

***

Todavia, ao que tudo indicava, Amélia não fora morta por Bento. Quando este entrou no banheiro, deixou a água fria escorrer pela sua face, esfriando seus ânimos. Então começou a sentir

✝ ✝ ✝

remorso ao escutar Antonia chorando. Marquinhos e Liliane, seus filhos, foram ficar junto da mãe.

— Papai vai embora, mamãe? – questionou Marquinhos, um garotinho de oito anos.

— Sim, meu filho, ele vai. Não nos quer mais... – respondeu, secamente, Antônia.

— Nãoooo, papaaai! Por favor, fica conosco! – suplicou Liliane, a filha que completara cinco anos naquele mesmo ano.

— Não implore, filha. Ele nos quer mortos... – resmungou Antonia.

Ouvindo essas últimas palavras, Bento saiu do banheiro ainda todo molhado, com uma tolha na cintura. Olhou os filhos e viu que estavam em prantos, ajoelhados aos pés de Antonia. Sentiu mais culpa ainda. Seus olhos lacrimejaram. Era a primeira vez em anos de casados que traíra a esposa. Em seu coração sabia que o que dissera minutos antes tinha sido algo muito duro. Lágrimas escorreram de seus olhos. Olhou para Liliane e, então, erguendo-a nos braços, disse:

— Não, filha, o papai não irá mais. Desculpas, meu amor, falei sem pensar. O papai vai ficar aqui se a mamãe o perdoar.

— Perdoa, mamãe... Deixa papai ficar, deixa! – pediu a menina.

Antonia, chorando muito, abraçou o filho, olhou para Bento, com ar de piedade. Soluçou mais umas duas vezes e, em seguida, falou:

— Vai ficar, mas hoje dorme na cama de Marquinhos, não no meu quarto!

Bento sorriu e abraçou a todos.

CAPÍTULO VIII

† † †

Algumas poucas quadras dali, perto da casa de Eduardo, Adolpho acordou atônito, por volta de três e meia da manhã. Estava deitado em uma espreguiçadeira, na sala de sua casa, porém não conseguia se lembrar de como chegara ali, pois havia pouco, segundo ele recordava, estava deitado na cama de seu quarto. Bebera demais, mais uma vez. A frequência com que bebia e fumava não era normal. Mudou muito desde que começou a investigar as mortes.

Sua cabeça doía muito e seus pés pareciam ter caminhado por uma légua inteira. Estava cansado, muito cansado. Dormia mal e acordava pior ainda. Naquela noite havia tentado se manter acordado no intuito de descobrir algo sobre o assassino. Estava lendo rascunhos e mais rascunhos com detalhes sobre os crimes. No entanto adormeceu em cima dos papeis, em sua cama, antes da meia-noite.

Coçou a cabeça na tentativa de recobrar a lembrança de como se levantara e tinha ido à sala. Nem um sopro. Nada.

— Devo estar ficando louco! Será que sou sonâmbulo? Não... – falou para si próprio.

E, mesmo tarde da noite, decidiu sair e fazer uma caminhada, como sempre fazia nas noites claras. Vagueou por umas ruas e viu uma casa antiga da Rua Campos Sobreira. A casa estava com os portões abertos.

A casa era imensa, com muitos cômodos e um muro muito alto ao redor. Havia nela um grande jardim de flores, que ia da entrada até a porta da casa. Era um corredor largo, com pés de roseiras, margaridas, jasmins, tulipas, girassóis e muitas outras preciosidades.

†††

Ele, então, passou pelo portão e foi andando por aquele belo lugar. Ao dar alguns passos, ele começou a sentir em seu coração que algo estranho poderia ter acontecido ali. Era uma sensação como a que tivera em outras ocasiões, inclusive nas muitas cenas de crimes em que estivera ao longo da vida.

Aquele cheiro de flores não lhe era incomum.

— Mas de onde conheço esse perfume? – perguntou a si.

Andou mais um pouco e se aproximou da porta. Teve a intenção de bater, entretanto, ao tocá-la, a porta se abriu. Apesar de ele residir na cidade havia tempos, não sabia quem morava naquela casa, pois nunca fora convidado a entrar e, pelo que recordava, jamais havia falado com alguém ali.

— Quem será que mora aqui? E esse cheiro de rosas?! – disse a si mesmo.

A casa era de D. Esmeralda Gonzales e de seus dois filhos, Gustavo e Francisco Gonzales. Uma família de descendência latina, como se pode supor pelo seu sobrenome. D. Esmeralda, senhora elegante, de sessenta anos, viúva, era uma mulher muito educada, gentil e de boa alma, mas como a idade avançava, a cada dia mostrava sinais de cansaço. Aos poucos, sua gentileza era frequentemente atravessada de palavras duras, não só com os filhos, mas com netos e noras, quando estes a visitavam. Gostava de ser independente. Vivia naquela casa sozinha, tendo apenas uma cuidadora vez ou outra para lhe visitar e ver se precisava de alguma coisa, remédios ou alimentos, e um caseiro, que cuidava de seu jardim. Pouco saía de casa, por essa razão, quase nenhum vizinho a via andar pela vizinhança. Quando ela precisa de alguma, chamava o caseiro, que logo saía e levava tudo, sem demora. Tinha apenas um defeito: amava demais seus próprios bens materiais. Não se apartava de seus pertences, nem mesmo para viver junto dos filhos. Talvez, por isso, preferia morar sozinha, longe dos olhos alheios.

Gustavo e Francisco casaram-se no mesmo ano e foram embora juntos, para o México. Faziam uma ou duas visitas à mãe

† † †

por ano. Não parecia ser uma relação boa a deles, principalmente com o falecimento de do Sr. Batista Gonzales, vítima de um enfarto, dez anos antes. Já entre os dois irmãos, a relação era a mais terna imaginável. Tanto é que ambos montaram uma empresa de móveis e residiam em uma mesma casa, com esposas e filhos dividindo o mesmo teto.

Os filhos deles, por serem muito pequenos, não conheciam a avó. Até mesmo as esposas, Luiza, casada com Gustavo, e Ruth, com Francisco, não tinham apreço pela matriarca. Por esse motivo, nessa data da Festa das Ruas Escuras, em 1980, D. Esmeralda encontrava-se solitária, sem a presença dos familiares. Contudo, sentia-se bem, a solidão não a importunava.

Voltemos, pois, ao momento em que Adolpho decide adentrar no recinto, mesmo sabendo que estava em ambiente alheio. Suas atitudes estavam ficando impulsivas. Nem mesmo se dava ao cuidado de refletir se devia, ou melhor, se poderia fazer tal coisa. Ao entrar, viu que as luzes estavam apagadas. Um silêncio reinava dentro daquele lugar. Entrou sem cerimônias.

— Alguém aqui?! – gritou, fazendo eco.

— Olá! Olá! – gritou duas vezes.

Nada. Vazio. Silêncio.

Prosseguiu mais um pouco, subiu umas escadas com muita dificuldade devido à falta de luz. Dois lances para ser preciso. Viu uma claridade, que vinha dos aposentos de D. Esmeralda.

— Alguém aí dentro? – interrogou, inutilmente.

Ao abrir a porta do quarto viu que havia cinco velas acesas e, deitada sobre o tapete, no chão, estava D. Esmeralda, com a boca entupida de flores e com os galhos de espinhos enfiados nos olhos. As mãos estavam amarradas atrás das costas e gotas de sangue escorriam das narinas. Seus olhos tremeram. Suas pernas ficaram bambas e ele sentiu ânsia de vômito.

Em cima de uma mesinha, uma carta, com uma enigmática sentença de morte:

† † †

Lúcifer,

de tua boca imunda jorram palavras infiéis como flores nascentes.

1980

†††

    Uma agonia se instalou no coração de Adolpho e ele sentiu vontade de pôr o pouco que comera para fora. O estômago revirava e borbulhava dentro dele. Saiu dali e foi comunicar o fato ao delegado, que o desaprovou, chamando-o de abelhudo e dando-lhe um severo sermão. Esses aparecimentos nas cenas de crimes incomodavam muito ao delegado e aos demais homens da lei. Não havia, porém, nada que ligasse Adolpho aos crimes. Tudo parecia apenas infeliz coincidência.

CAPÍTULO IX

† † †

Em 1985, no início do mês de novembro, passados então cinco anos da morte de Amélia e de D. Esmeralda, a cidade de Tupã Kiriri não havia tido nenhum outro crime envolvendo o *serial killer* de mulheres; pelo menos era o que o delegado Antunes, Adolpho e outros homens da lei pensavam. O dia 31 de outubro 1985 foi numa quinta-feira e a Festa das Ruas Escuras ocorreu com tranquilidade. Nenhuma morte foi relatada.

Parecia impossível acreditar, mas entre os anos de 1980 a 1985, era como se o assassino tivesse desaparecido no ar. Não havia marcas de pegadas, digitais ou arrombamentos das portas em nenhum dos crimes. Era um homem invisível. Do modo como agia, era como se tivesse acesso a todas as casas, conhecesse as ruas e vias, e esquadrinhasse as estradas, desaparecendo por entre elas.

O delegado Antunes, com seu querido cachimbo, revirou a cidade de ponta-cabeça em busca de sinais desse homicida. Por anos, nada encontrou. Apenas as cartas ligavam os crimes. Outra relação era imperceptível. Todos seus esforços, apesar de bem intencionados, de nada serviram. O assassino escapava. Ele estava sempre um passo à frente do delegado.

— Quantas mulheres mais, meu Jesus, aquele desgraçado deve ter matado?! – desabafou o velho senhor.

Ele abriu uma gaveta de sua mesinha e releu todas as cartas novamente, buscando algo que ainda não tivesse percebido. Entre essas cartas, releu a encontrada junto de Amália: "Esta adúltera em partes pequenas te entrego", de 1980, e, enfim, sentiu a pele arrepiar.

† † †

— Como não percebi isso antes?! Esse maldito mata mulheres que ele acredita que são infiéis! Essa é a ligação entre elas. Traição, traição, traição! – repetia em voz alta.

Diante dessa descoberta, Antunes convocou os homens da lei em plantão naquele dia e fizeram uma busca completa em todas as documentações dos casos. Queria ter certeza de que sua suspeita era, de fato, verdadeira.

Um dos homens da lei disse:

— Senhor, se a ideia é que a ligação entre as vítimas é a infidelidade, então por que ele matou as jovens? Elas não eram casadas.

— Você é mesmo um tolo, sabia? – falou secamente o delegado.

— Adultério para esse homem não significa algo sexual puramente, mas todo o tipo de corrupção humana que possa ser visto como prostituição, tais como: avareza, luxúria, orgulho, inveja, traição por dinheiro, troca de religião, blasfêmia, descrença, desvio de conduta, infidelidade conjugal, poligamia, lascívia e quaisquer outros atos que considerasse ser um pecado.

— Agora tudo faz sentido! – exclamou um dos homens da lei enquanto colocava as fotos de todos os casos em cima da mesa.

— Mas e quanto à data dos assassinatos, o dia da Festa das Ruas Escuras?

— É só uma data qualquer. Ele usa esse pretexto para assassinar as mulheres enquanto estão em casa.

— E como ele sabe quando e como agir?

— Ele devia vigiar e conhecer bem cada uma delas.

— Então ele deve conhecer as vítimas antes dos crimes. Seria ele um professor?

— De onde tirou essa ideia?

— Um professor conhece alunas e suas mães.

— Sendo assim, poderia ser um porteiro, um leiteiro, um vendedor... E até você, seu idiota! Você não pode sair por aí afirmando que foi ou não foi alguém sem provas – finalizou o delegado, soltando uma baforada.

— Só mais uma pergunta, chefe.

— Fale de uma vez.

— E este ano, como não houve nenhuma morte em outubro, será que ele desapareceu? Foi embora?

— Espero que tenha morrido, maldito! – berrou o delegado.

***

A felicidade temporária do delegado estava prestes a acabar, pois naquele mesmo instante, Adolpho entra ofegante, perguntando:

— Antunes, onde ele está?

— Ora, pois, onde devia estar, seu idiota! – criticou um dos homens da lei enquanto arrumava os papéis de volta à gaveta.

— Quantos homicídios tivemos este ano? – indagou Adolpho.

— Nenhum, graças a Deus – respondeu um dos policiais.

— Um, agora! – disse Adolpho, mostrando uns documentos pessoais de uma mulher.

— Como assim? De quem são esses pertences? – gritou o delegado, saindo de sua sala.

— Alguns fazendeiros encontraram um corpo em uma residência na semana passada. Trata-se de uma mulher que foi, segundo o que disseram, queimada vida em cima da cama.

— De que diabos está falando? – questionou o delegado, atordoado.

— Eu vou lhes contar. Os fazendeiros que moram após o Rio Lágrimas encontraram o corpo de uma mulher queimada em sua própria residência. Não informaram à polícia porque temiam que fossem indiciados pelo crime.

— E por que faríamos isso? – duvidou um dos homens da lei.

† † †

— Ela era uma prostituta. E todos eles saíam com ela. O nome dela era Clarice...

Não continuou porque Antunes o interrompeu, dizendo:

— Eu a conhecia! Pobre Clarice! Eu conheci essa moça quando pequena. Era um amor de menina. Quem fez isso? E como você soube e nós não?

— Há dois dias, um dos fazendeiros me contratou para o serviço de investigação. Segundo ele, ela pode ter morrido no dia da festa do *Halloween*, porque um dia antes ele esteve na casa dela, para se divertirem, se é que o senhor me entende... Enfim, um dia depois da festa não mais a viram por lá. Então, quando lá cheguei para começar a investigação, tomei o maior susto...

— Fale de uma vez, homem!

— Havia uma carta perto do corpo. Ao ver isso, peguei-a e a trouxe para o senhor. Nem mesmo li e não alterei nada na cena, nem toquei no corpo, para não interferir nas evidências.

— Não acredito! Foi aquele maldito outra vez?! Ele não pode sair impune! Dessa vez não! Pelo menos uma vez na sua vida você agiu bem. Vamos lá agora! – disse o delegado, ajeitando uma arma na cintura.

Antes de saírem, um dos homens da lei pegou a carta e leu:

Lúcifer,

ao fogo em brasas esta podre alma jogo e nas cinzas malditas ela se desmancha.

1985

†††

O delegado, Adolpho e mais cinco homens da lei saíram em patrulha, esbravejando, pela estrada. Todos estavam indignados. Já Adolpho foi o trajeto inteiro calado e pensativo. Muitos questionamentos iam e vinham a todo o instante em sua cabeça confusa.

CAPÍTULO X

† † †

Entre a primeira morte, de 1971, e o trágico assassinato de Clarice, em 1985, já havia se passado longos 15 anos. Os crimes eram conhecidos em todo o Brasil. O *serial killer* enigmático havia se tornado famoso, sendo o primeiro a estampar capas de revistas e noticiários de rádio e televisão, mesmo sem ter uma face identificada. A data da festa de *Halloween* era marcada por uma atmosfera carregada de tristeza e de mistério. E muita coisa havia mudado. A cidade de Tupã Kiriri recebia turistas e visitantes de muitas regiões brasileiras, e de uma cidadela ou vilarejo pacato, o lugar se tornou uma cidade grande, com mais pessoas e novos hábitos e costumes.

Estamos agora em 1988. O vigor de Adolpho, já profundamente amargurado pelas marcas do tempo, com seus quarenta e cinco anos, já não era mais o mesmo, e ele havia praticamente perdido a esperança de pegar o assassino das mulheres de Tupã Kiriri. Aliás, estava desistindo de tudo. O facínora saía sempre ileso. O coração de Adolpho batia acelerado sempre que ouvia falar no mês de outubro. E mais ainda quando se aproximava das festividades.

Ele abandara a fracassada carreira de investigador particular e iniciou uma profissão que lhe fazia jus: jornalista. A nova carreira lhe trouxe melhor ânimo, apesar do espírito carregado. Trazia junto de si as lembranças de outrora. Contudo poder realizar um trabalho investigativo e jornalístico lhe fazia se sentir um pouco mais jovem. Ele e outro jornalista, de nome André Cassiano de Souza, fundaram juntos um pequeno jornal, em fins de 1986.

† † †

De circulação singela, o jornal era chamado de *Crônicas de Tupã Kiriri*.[2] A empresa fazia relatos quinzenais e mensais sobre importantes acontecimentos na cidade, de tópicos diversos, como de saúde, artes, fatos policiais e políticos e até cinema.

Os dez assassinatos, ocorridos entre os anos de 1971 e 1985, foram cuidadosamente discutidos pelos jornalistas e publicados em fascículos. Trabalhar com esses relatos, mas agora com o olhar aguçado do jornalista André Cassiano, fez com que Adolpho sentisse que sua vida passara a ter utilidade. Os maus pensamentos que lhe vinham à mente tinham se dissipado. A dor e a saudade que sentia de sua amada Rosane se transformaram em nova perseverança e vontade de encontrar o homem que lhe tirara a vida.

Adolpho não era mais aquele jovem afoito e imaturo, agora refletia melhor sobre seus atos. Havia se tonado um homem tranquilo e profundamente resoluto. Jamais se casou novamente.

***

O delegado Antunes faleceu em 1987, devido a um infarto do miocárdio, deixando esposa, um filho e três filhas. Outro delegado assumiu seu posto, mas ainda não é hora de contar quem o fez. Deixemos isso para depois.

É bem verdade que Antunes jamais simpatizou muito com o trabalho de Adolpho, mas, apesar disso, ele reconhecia que a força de vontade desse antigo investigador era muito grande. Algo o movia. Entretanto, como se viu até aqui, Adolpho não foi muito feliz em suas escolhas e táticas de investigação. Apenas um dos antigos homens da lei ainda trabalhava na corporação. Os demais haviam falecido, tinham sido mortos ou haviam se aposentado.

***

---

[2] O jornal *Crônicas de Tupã Kiriri* funcionou de 1986 a 1995. Atualmente, o local onde o jornal estava instalado não mais existe, pois o estabelecimento foi demolido no ano de 1996, por ordem de meu avô. Ele tinha a intenção de fazer uma pequena escola no lugar, mas com seu falecimento, em 1998, minha família decidiu vender o terreno.

† † †

— Nunca o pegaremos, meu caro André – disse Adolpho, em desabafo, em um dia em que estava muito inquieto e desanimado.

— Não diga nunca. Certamente, em uma hora dessas o faremos – declarou André.

— Creio que ele é mais inteligente do que nós dois juntos.

— Não mesmo! Isso é o que ele quer que pensemos.

— Não creio nisso. Esse homem me parece muito sagaz e calculista. Não tivemos até hoje nenhuma prova concreta sobre ele, nem mesmo um suspeito. Como ele pôde matar dez mulheres e não deixar rastros?

— Há rastros e eu os encontrarei – respondeu André, finalizando o diálogo.

***

André Cassiano era um homem de poucas palavras. Negro, com idade entre sessenta e cinco e sessenta e sete anos, cabelos grisalhos, barba falha. Homem sincero, resoluto. Trabalhador e honesto, lutara arduamente para criar seis filhos. João e Antonio eram seus pequenos. E quando jovens, eram meninos muito brincalhões. Dois rapazotes vívidos, que faziam galhofas o dia inteiro, acabrunhando a mãe e irmãs. Todavia eram também bons meninos. Estudaram pouco, mas o que aprendiam, e com muito esforço de trabalho, ajudavam os pais.

André, quando rapaz, havia feito cursos por correspondência e havia estudado muito para ter uma boa profissão. Tinha ofício de prestígio: era um jornalista renomado. Por muito tempo foi correspondente para um jornal da capital do estado. Fez carreira de sucesso e agora, já idoso, não tinha interesse em parar. Pelo contrário, tinha o mesmo espírito de pesquisador e não desanimava facilmente com os primeiros obstáculos.

Quando tomou ciência dos crimes em Tupã Kiriri, decidiu se mudar para lá, juntamente com esposa e filhos; destes, um, o filho mais velho, João, já estava casado. E assim o fez por volta de 1984.

† † †

A família foi residir na famosa cidade dos feminicídios do *serial killer* sem rosto.

***

Passados alguns meses após aquele diálogo entre André e Adolpho, certo dia, um dos outros jornalistas do jornal reuniu, a pedido de André, todos os relatos sobre os crimes. André teve uma ideia e quis pô-la em prática. Ele estava decidido a fazer uma investigação seguindo outra linha de raciocínio, diferente da que os homens da lei haviam feito na época dos acontecimentos.

Para os homens da lei que haviam analisado as cenas dos crimes, nenhum vestígio da identidade do suspeito se revelara. À medida que observavam os quartos, salas e outros lugares, eles tentavam encontrar pegadas, fios de cabelos, pontas de cigarros, objetos e pertences pessoais, armas de fogo ou branca, pedaços de tecido epitelial ou quaisquer outros elementos que sugerissem outra pessoa no local, isto é, vestígios do suspeito. Por outro lado, André refletiu muito sobre cada cena e acreditava que as pistas poderiam estar fora desse contexto, isto é, os indícios poderiam não se encontrar nos locais propriamente ditos.

Em conversa com Adolpho, assim ele resumiu:

— Há algo não nos crimes, mas fora deles, que pode ser a solução!

— Como encontraremos? – questionou Adolpho com uma ponta de curiosidade.

— Calma, meu amigo. Depois te explicarei melhor! – disse André, com ar de quem não contaria nada.

Então, André buscou, nos relatos que tinha, informações sobre as datas, a Festa das Ruas Escuras, quem eram as principais testemunhas ou quem tinha dado seu depoimento. Por dias e dias ele se concentrou nesses documentos. Mal dormia e mal convivia com esposa e filhos. Por cerca de dois meses, André ficou ocupado, mergulhado nessa pesquisa. Lia e relia os depoimentos, revia as fotos das cenas com uma pequena lupa.

† † †

Ele nem sequer notou que já estavam em pleno mês de outubro. Continuou suas pesquisas dias a fio, indo poucas vezes em casa. Estava ficando exausto de revirar papéis e fotos. Dias se passaram até que, na madrugada de uma segunda-feira, estando ele enclausurado no escritório, foi surpreendido com batidas fortes na porta.

Indagou em alta voz:

— Quem é?

— Sou eu... Adolpho! Abre logo essa porta.

— O que foi agora, homem? – disse, ao abrir a porta.

— Preciso te contar uma coisa grave.

— Fale logo, homem!

— Eu estava dormindo, em casa, quando acordei, no meio da noite. Ouvi umas batidas fortes nas paredes da casa ao lado da minha. Saí e fui em direção a casa. Quando lá cheguei, havia algumas pessoas aglomeradas.

— Conte-me logo, homem! – inquiriu André já aflito.

— Não acreditei no que vi... – respirou fundo e sentou-se em uma cadeira. Ele espalmou as mãos no rosto, meio atordoado. – A filha mais nova de Rodrigues, meu vizinho, foi morta a pauladas.

— Não me diga que está falando da Sara?! – questionou André.

— Sim, ela mesma! Aquela jovem tinha vinte anos! Que lástima! Ele tirou-lhe os olhos.

— Jesus! Quem poderia fazer tal maldade? Desgraçado!

— Foi ele! Não percebes? Hoje é dia 31! Outra carta ele nos deixou. Peguei-a. Veja você mesmo. — e entregou-a nas mãos de André.

— Dia 31? Não posso acreditar nisso! Como fui me esquecer?! Você irá se complicar por ter roubado esta prova, Adolpho! Que atitude impensada foi essa?

— Não refleti isso no momento. Depois encontraremos um jeito de devolver ao delegado.

André desdobrou a carta e a leu, em silêncio:

† † †

Lúcifer,

inocente não eras ontem, não és hoje e nem jamais poderias ser. Sem teus olhos verás melhor.

1988

†††

    Sentiu-se impotente ao ler tais palavras, não apenas porque era mais um jovem morta brutalmente, mas também porque não obteve as respostas que levassem ao assassino antes que ele cometesse mais essa perversidade.

CAPÍTULO XI

† † †

A carta retirada da cena de crime de Sara foi devolvida por Adolpho na mesma hora e ninguém percebeu a falta dela, nem mesmo os homens da lei notaram qualquer mudança na cena do crime. Adolpho se acostumara a entrar e sair de lugares de homicídio, sem mais sentir enjoos ou ficar abalado com sangue. Estava mais hábil a lidar com imagens grotescas. Esteve em cada um dos casos e muitos outros não relatados aqui, acompanhando-os de perto; presenciou até mesmo duas ou três autópsias.

Entretanto, por essas atitudes, André ficou desconfiado de que maneira ele retirara aquela carta sem que ninguém tivesse percebido e, mais, como fora ousado em deixá-la tão secretamente. Esta e outras dúvidas começaram a pairar na mente de André.

— Adolpho ainda vai se encrencar feio com essas atitudes impensadas, refletia com ele mesmo.

***

Os homens da lei, agora chamados de policiais distritais, assim como nas outras vezes, assumiram todas as investigações. Como nas outras vezes também, apesar de terem novos recursos, nada encontraram. Nenhum fio de cabelo na cena!

O novo delegado, de nome Romão, era muito diferente de seu antecessor. Era um homem de uns trinta e sete anos, de cabelos longos, cavanhaque e bigode aparado. Uma pessoa tranquila, que gostava de ouvir atentamente os membros da corporação. Propôs melhorias e ajustes aos trabalhos desenvolvidos. Obteve recursos junto ao governo e comprou dezenas de armas variadas, milhares de munições, equipamentos eletrônicos e carros de patrulha; enfim,

† † †

fez inúmeras mudanças. Conseguiu triplicar o número de homens, passando de cinquenta para cento e cinquenta homens. O estabelecimento agora era um grande complexo, com dormitórios, garagens, salas de perícias, necrotério, um presídio de segurança máxima e muitas outras novidades. E, apesar de tantos recursos humanos e materiais, o assassino agira novamente, debaixo de seus olhos.

Romão era casado com Letícia, uma mulher com pouco mais de vinte e seis anos, de pele branca e cabelos loiros cacheados. Havia há pouco tempo se tornado uma arquiteta, porém, devido ao trabalho do esposo, ela teve de deixar sua vida na capital e se deslocar para o interior para que ele pudesse assumir seu posto de delegado. A mudança não lhe trouxe problemas, haja vista que Tupã Kiriri agora mais parecia uma capital de tão movimentada.

De 1988 a 1990, Romão e Letícia residiram em um pequeno apartamento, localizado próximo à corporação dos policiais distritais. Era um bairro agradável. O apartamento tinha duas suítes, dois banheiros, cozinha e sala de estar.

Por algum tempo, Letícia se manteve fiel ao esposo. Todavia, após inúmeras discussões com Romão, a vida de casados estava indo de mal a pior. Ela, então, afeiçoou-se a um vizinho de nome não identificado até o fim desta narrativa. O que se sabe, somente, é que Letícia se encontrava com esse amante nas horas em que o esposo saía para a corporação ou para fazer rondas.

Durante alguns meses, eles se encontram na calada das noites. Romão, não desconfiado da infidelidade da esposa, saía, geralmente, após as onze da noite, e retornava por volta de cinco da manhã. Devido às mortes que já haviam ocorrido nesse horário, ele aproveitava para dar voltas entres as ruas, sempre acompanhado por uma equipe de pelos menos oito policiais, muito bem armados.

Numa noite de quarta-feira, dia 31 de outubro de 1990, no período da Festa das Ruas Escuras, por volta das onze da noite, o delegado saiu, como de costume, para fazer uma ronda com os companheiros irmãos de armas. Eles percorreram dezenas de ruas

† † †

da cidade, fazendo batidas em bares, clubes, praças, casas noturnas e outros lugares que considerassem propícios a quaisquer incidentes.

Foram de um lado a outro da cidade, mas nada demais ocorria. Por umas três ou quatro horas, os carros da corporação andaram pelas ruas. Nenhuma presença de qualquer sujeito suspeito, a não ser dois homens embriagados, mas que não demonstravam perigo.

De repente, o delegado recebeu uma ligação de outro policial:

— Senhor, temos algo para relatar.

— Pode falar. Estamos retornando à corporação. Já passam das três da manhã e nada ocorreu. Hoje será um dia melhor. O que tem para relatar?

— Acabamos de encontrar uma mulher morta, senhor.

— Não pode ser! Como isso foi ocorrer debaixo de nossos narizes?!

— Isso não é tudo, senhor.

— O que tem mais?

— A mulher, chefe, é a sua esposa.

Romão não conseguiu conter as lágrimas, que explodiram de seus olhos. Acelerou desesperadamente o carro e foi até sua residência, onde, com tristeza e amargura, encontrou cerca de trinta policiais em frente à entrada da casa. Outros já estavam dentro, procurando por sinais.

Entrou, viu a porta do quarto aberta. Um dos policias estava parado na porta.

— Não entre, senhor! Aguarde os legistas – pediu.

— Saia da minha frente, Jonas! – esbravejou Romão. Jonas obedeceu com serenidade, afastando-se da porta. Ao entrar, Romão viu Letícia, totalmente nua, enforcada com um lenço. Dentro de sua boca, uma carta humedecida de saliva.

Ele, aproximando-se, pôs uma das mãos por cima da cabeça dela. Mexeu nos cabelos, tirando-os de cima dos olhos. Chorou.

† † †

Colocou a mão dentro da boca dela, tirando o papel com delicadeza. Não estava nem um pouco preocupado se aquelas atitudes poderiam interferir nas investigações. O seu desejo era apenas um: saber o que estava escrito naquele pedaço de papel.

Eis as palavras:

Lúcifer,

toda a mulher que se deita com um maldito homem que não é o dela, eis que a morte se torna um prêmio.

1990

†††

A dor de descobrir a traição doeu menos do que ver os olhos sem vida daquela que ele muito amou. Letícia estava morta. Não deixou filhos, só o vazio na vida de Romão.

CAPÍTULO XII

† † †

Em 1991, um ano após a morte de Letícia, o delegado Romão ainda não havia encontrado forças para continuar na luta. A caçada ao assassino das doze mulheres de Tupã Kiriri parecia uma batalha perdida. A vida desse homem estava totalmente fragmentada. O trabalho não lhe trazia paz de espírito e o medo de outra morte lhe vinha todas as noites, mesmo não estando no mês de outubro.

Em uma manhã de sexta-feira, Adolpho o encontrou sentado em um sofá, no salão da recepção da corporação, com as mãos espalmadas na face. Aproximou-se dele e disse:

— Não fique assim. Sei que a amava muito. Porém essa dor não a trará de volta – disse Adolpho.

— Não. Mas mesmo assim não consigo deixar de me culpar.

— E qual seria a sua culpa?

— Eu a deixava sozinha e isso a fazia muito triste. Sei que devia ter feito tudo diferente. Ela não merecia isso!

— Claro que não merecia! Nem a minha amada – enquanto dizia isso, Adolpho falou isso e sua voz engasgou.

— O que faremos?

— Devemos caçá-lo e encontrá-lo. Sem jamais desistirmos – disse Adolpho, resoluto.

— Sim. No entanto não temos pistas desse psicopata. E já estamos perto de outubro!

— Talvez essa seja a hora certa!

— E o que te faz pensar assim? – questionou Romão.

— Algo me diz que esse ano é o fim desse maldito!

† † †

Esse diálogo ainda permaneceu por algum tempo. Os dois ficaram ali, conversando sobre estratégias para prender o facínora. Contudo, como iriam prender um homem do qual não se tinha uma face? Como pegar um malfeitor que não se mostra às claras?

Durante vinte e sete dias, o delegado fez planos com as equipes táticas e de apoio, elaborando uma cilada perfeita para capturar o psicopata. Sabiam eles que as mortes anteriores ocorriam por volta dos mesmos horários. As cenas de crimes eram sempre lugares que, naqueles momentos, estavam inóspitos. Outro detalhe importante dizia respeito ao fato de que as vítimas eram mulheres desacompanhadas. Em nenhum dos casos houve uma testemunha que presenciasse os crimes.

Havia só uma chance de detê-lo: pegá-lo antes que executasse a vítima. A única falha desse plano era a identificação antecipada de quem poderia ser a próxima vítima. Eles precisavam, a todo custo, descobrir quem poderia se encaixar no perfil da mulher. Para o delegado, a ideia de que as vítimas eram infiéis não lhe fazia sentido, pois, para ele, sua amada Letícia não havia tido qualquer tipo de relação extraconjugal. Recusava-se a aceitar a verdade. Mas, no fundo de seu coração, sabia que sim.

***

Muito distante da corporação havia uma moça chamada Mary, uma jovem de vinte e seis anos, de pele morena, olhos pretos, cabelos pretos e encaracolados. A moça tinha um corpo magro, de curvas delicadas, de estatura mediana e mãos pequenas. Estudava no curso de Letras de uma faculdade da capital. Amava leituras, sejam romances, estórias, contos ou qualquer outro tipo de aventura em folhas de papel. Passava horas deitada em sua cama, longe do barulho da rua. Era uma garota de finos gostos e de atitudes maduras.

Não tinha muitos amigos e costumava estar sozinha. Viajava com frequência para assistir às aulas do curso e costumava sair para passear com seu gatinho Bidú. Sentava-se em um velho banco de uma pracinha perto de sua casa e ficava ali por algumas horas, em silêncio, lendo uns contos de fada ou histórias de terror. Mary tinha uma amiga de quem gostava muito. Alice era seu nome.

Alice tinha vinte e nove anos, divorciada, advogada de carreira. Era uma mulher de características fortes, maturidade declarada. Corpo de mulher definida e atitude de dama. Tinha cabelos loiros, longos e lisos, olhos castanhos escuros, pele clara e macia. Uma mulher de muita beleza. Não era uma pessoa fácil de lidar, pois tinha voz firme e falava o que pensava e, muitas vezes, era por essa razão mal compreendida.

A amizade entre elas se deu por um caminho amoroso. De um lado, Mary nunca havia namorado. Do outro, Alice havia sido casada por um longo período. Estando desiludida da vida que tivera com um homem violento, ela deixou os sentimentos homoafetivos aflorarem. Na verdade, esses sentimentos sempre estiveram nela, porém tinham sido reprimidos. Agora estavam libertos.

Ela costumava sair para fazer longas caminhadas. Gostava de se manter jovem, pois seu corpo, de quase trinta anos, aparentava menos de vinte e cinco. Orgulhava-se de sua beleza estonteante. Já Mary não aceitava a beleza que tinha, escondia-se dos rapazes. Achava que era completamente invisível diante deles.

Foi então que, Mary, sentada em seu banco favorito de leitura, conheceu Alice, e logo estavam amigas íntimas. A relação amorosa entre elas foi algo que nenhuma delas havia planejado, porém o amor se construiu, sincero e verdadeiro.

Ambas residiam na cidade de Tupã Kiriri há pelo menos um ano. As notícias das doze mortes de mulheres lhes traziam inseguranças, assim como para qualquer outra mulher da cidade. Entretanto não se privavam de sair à noite e passear um pouco pelas ruas, praças, restaurantes e outros espaços. Estavam mais do que dispostas a enfrentar os medos, obstáculos e olhares maldosos das pessoas ao redor.

***

† † †

Chegou, então, uma quinta-feira, dia 31 de outubro de 1991. Mary foi dormir na casa de Alice. Os pais de Mary, com o tempo, aceitaram a orientação sexual da filha e, por a amarem muito, sentiram que esta era a escolha mais sensata: respeitá-la. A filha era dona de si e fazia as escolhas que lhe faziam bem.

Alice morava sozinha e isso acabou sendo muito bom, uma vez que tinham mais privacidade. Não havia tido filhos no casamento. Morava em uma casa grande, com vários cômodos: sala, quartos, suítes, cozinha, garagem, jardim e dois banheiros, com banheira e outros artigos de luxo. Ela trabalhava muito, levava uma boa vida.

O relacionamento entre elas era algo concreto e com declarações de amor a todo instante. Para muitos homens, machistas, essa era uma relação pecaminosa. Em uma cidade como Tupã Kiriri, essa união parecia imprópria. Para elas, porém, nenhuma dessas tolas opiniões valia qualquer moeda de um centavo.

Voltemos, então, à noite de *Halloween*. Devido aos transtornos que Alice sofrera no primeiro casamento, por ter vivido ao lado de um homem espancador, que a atacava diariamente, além de chegar em casa muitas noites embriagado, ela tomava remédios para dormir. Era uma mulher de personalidade forte, mas com mágoas e feridas ainda não plenamente cicatrizadas.

Nessa noite, tomou seus remédios, como costumeiramente fazia, deu um beijo carinhoso em sua namorada e deitou-se. Precisava descansar, pois tivera um dia muito cansativo de trabalho. Um profundo silêncio se fazia no quarto. Ela entrou num sono pesado, mas nenhum sonho lhe veio.

Mary, por outro lado, ficou acordada, com um livro entre as coxas. Deixou uma lâmpada acesa ao seu lado, enquanto mergulhava em suas leituras com muita alegria. Sentia-se feliz ao lado de seu grande amor.

As horas foram passando e a noite ficou cada vez mais escura. Pouco se ouvia de barulho fora daquela casa. Apesar do medo constante da população de Tupã Kiriri, a Festa das Ruas Escuras ocorreu como antes, aparentemente normal. Muitos curiosos embarcavam

† † †

em aventuras e andanças pela noite, assustando a muitos com brincadeiras de todos os tipos. Até aquele momento, parecia que seria uma noite tranquila e cheia de paz.

O dia nasceu lentamente.

Alice acordou, ainda meio sonolenta por causa dos remédios. Levantou-se com certa dificuldade e saiu do quarto. Notou que Mary não havia se deitado, pois os travesseiros e lençóis dela não haviam sido sequer tocados. Uma fria preocupação correu por trás de sua orelha, descendo do pescoço até a cintura.

Chamou pelo nome da moça docemente:

— Mary? Onde você está meu anjo? – nenhuma resposta lhe veio.

Uma angústia tomou conta de seu peito. Aflita, ela correu para a cozinha e sala, olhando em todos os lugares. Sem sinal de Mary, seu coração pulsava. O medo lhe feria a alma.

— Mary, para onde você foi? Está aí no banheiro? – indagou Alice, tentando manter a calma.

Ela, então, entrou no banheiro e viu, dentro da banheira, o corpo de Mary completamente esquartejado. Cabeça, membros e tronco boiando numa água vermelha de sangue, que derramava pelo carpete. Mary estava com os olhos esbugalhados e boca aberta. Uma cena horrenda.

No chão havia duas facas, uma maior e outra menor. Facas da própria casa de Alice. Isso a abalou mais ainda, estando ela já em prantos. Ligou para a polícia, que rapidamente apareceu.

O delegado Romão, ao chegar ao local, entrou no banheiro com ar entristecido. Viu a cena de crime com olhar frio. Sua surpresa foi imensa ao ver as facas, algo nunca antes encontrado nos outros casos: a arma do crime. Adolpho, que entrara na casa minutos depois do delegado, quando viu as facas no chão do banheiro não conseguiu dizer palavra alguma. Antes, emudeceu. Estava tão surpreso quanto os demais ali presentes.

† † †

Além disso, havia uma folha de papel sobre a tampa do sanitário, escrita com uma sentença fatal, a qual Romão pegou cuidadosamente com luvas de borracha:

Lúcifer,

em treze pedaços o teu corpo aos meus olhos se revela.

1991

†††

— Dessa vez te pegaremos, desgraçado! Nestas facas deve ter alguma impressão digital sua! – disse o delegado, enquanto dobrava a carta.

CAPÍTULO XIII

† † †

Todos os planos elaborados pelo delegado Romão e sua equipe não evitaram a triste e horrenda morte de Mary. Era como se o assassino estivesse não apenas a um passo à frente, mas que também soubesse dos passos daqueles que o perseguiam. Isso era assombroso.

E, para a tristeza maior do delegado, as facas encontradas no local do crime, mesmo indicando um primeiro deslize do assassino, nada ajudaram, uma vez que foram periciadas e nenhuma delas apresentou uma única impressão digital. Sem vestígios, mais uma vez.

— Por que, então, ele deixou as facas? – indagou Romão a um dos policiais.

— Talvez ele tenha deixado de propósito. Esse homem é sádico! – respondeu Jonas.

— É, talvez seja isso... Jamais vi na história deste país um psicopata como esse. Em outros lugares do mundo já ouvimos histórias como a do assassino em série de Londres, que tomou fama em 1888: Jackie, o estripador. Até aquele maldito teve uma lista de suspeitos. E quanto a esse aqui? Nenhum!

Foram treze assassinatos executados com maestria, sem testemunhas, sem digitais e sem suspeitos.

Adolpho, que também fora informado dos planos do delegado, sentiu que suas forças haviam se esgotado. Estava oficialmente desistindo de lutar. Para ele, nada mais havia que pudesse fazer naquela cidade, pois o assassino não podia ser capturado. Estava decidido a deixar o emprego e sumir de lá.

Ele, então, tomou essa decisão, chocando o amigo André:

† † †

— Irei embora daqui. Não aguento mais! Treze mulheres?! Não dá mais para mim! Chega! Dediquei quase metade de minha vida a isso e nada consegui – desabafou.

— Como assim ir embora? Como pode dizer isso, homem? Estamos mais próximos de pegá-lo! — replicou André.

— Não estamos nem próximo, meu amigo. Não estamos perto de nada. Esse amaldiçoado escapa de nossas mãos.

— Não faça isso!

— Está feito. Amanhã mesmo parto daqui! — encerrou.

E foi assim que, em 1991, Adolpho Nunes desistiu da caçada ao *serial killer*, estando, então, aos cinquenta anos de idade.

***

Após a partida de Adolpho, André herdou inteiramente o jornal *Crônicas de Tupã Kiriri*, com todo um conjunto de documentos antigos, recortes de outros jornais, entrevistas, cópias de depoimentos, de fotos e de outros dados policiais. Dezenas de materiais, tanto antigos quanto mais recentes, até mesmo antigos papéis do escritório de Adolpho ficaram arquivados no jornal. Havia muita coisa que precisava ser revisada e reorganizada, uma vez que Adolpho não se preocupara em catalogar ou registrar nada em ordem. Era uma perfeita bagunça aquilo tudo.

***

André, juntamente com outros jornalistas da empresa, fez uma varredura completa em cada um dos papéis, organizando-os e catalogando-os. E por mais que desejassem muito, nada ali indicava qualquer pista do assassino. Era um trabalho quase que interminável. Porém, cerca de dois meses após o início desse trabalho, algo chamou a atenção de André, o que muito o incomodou dias depois.

Ao revirar os papéis, encontrou um bilhete de cinema. Nesse bilhete estava escrito:

†††

Cinematógrafo Ocidente: Sessão especial – "Laranja mecânica", de Stanley Kubrick, de 1971. Poltrona 13.

Pegou o bilhete e continuou revirando outros papéis. Para André, esse bilhete nada tinha de importante até então, mas foi aí que encontrou uma cópia do boletim de ocorrência escrito por Adolpho na época da morte de sua esposa Rosane:

> *Eu e Rosane fomos ao cinema e assistimos a um filme no Cinematógrafo Ocidente. Era "O grande ditador", de Charlie Chaplin, de 1940, e sentamos nas poltronas 08 e 09.*

Por essa daí André e nem ninguém esperava!

— Ele mentiu sobre o filme. O que mais ele pode ter escondido do delegado Antunes? – falou a si próprio.

Ele revirou os restantes das gavetas e armários. Em um deles, havia uma antiga maleta de madeira empoeirada. Nela, havia várias folhas antigas, papéis de cartas e outros tipos de materiais e documentos. Tinha também um tinteiro, ainda com tinta preta, e seis penas de ganso para escrita em papel. Dos muitos textos que ele encontrou ali, quase nada era relevante, exceto pelo tipo de material das folhas, que muito se assemelhava às que eram deixadas nos locais dos crimes.

— Aqui só tem lixo! Mas... Espere um pouco... E estas folhas, tinteiro e as penas de ganso? Seria o mesmo que o assassino utilizava? – questionou a si próprio, com olhos arregalados.

De repente, um documento lhe chamou a atenção imediatamente. Era um manuscrito de um relatório do Sanatorium Psiquiátrico de Jerusalém, datado de 31 de outubro de 1965. Havia nele um brasão meio borrado da instituição. O texto foi escrito e assinado pelo doutor Tomás Aquino.

Eis o texto integral, reproduzido:

Sanatorium Psiquiátrico de Jerusalém

Relatório final – n. 666.13

† † †

[31 de outubro de 1965]

Eu, Tomás Aquino, doutor em Psiquiatria e atualmente diretor geral do Sanatorium Psiquiátrico de Jerusalém, quero relatar que o paciente n. 13. de iniciais/nome A.N. [Adolpho Nunes], conhecido entre os outros paciente pelo apelido de Lúcifer, nascido em 1941, viúvo, órfão de pai e mãe, é residente nesta instituição.

Situação do quadro clínico do interno:

O paciente sofre de esquizofrenia grave, distúrbios noturnos, com características de dupla personalidade. É um caso singular.

É um caso raro e que merece toda nossa atenção: o paciente, quando mais jovem, matou a esposa e as duas filhas, enfiando nos corações delas crucifixos de ferro, alegando que a esposa o traíra e que as meninas não eram suas filhas. Ao lado delas, ele pôs três rosas jasmins, formando uma sequência como esta:

[✲✲✲]

Apesar da periculosidade do paciente, devido ao triplo feminicídio, a filha da paciente n. 21. [nome suprimido], chamada neste documento simplesmente de "Rosane", com idade de treze anos, encontra-se envolvida com ele.

O paciente, durante o sono ou mesmo acordado, perde a consciência plena dos atos que cometeu anteriormente. Com isso, dá lugar à primeira consciência: ela é Adolpho Nunes, de boa índole, que nada sabe de suas ações. E, ao retomar a segunda consciência, lembra-se de tudo que fez como Lúcifer, numa personalidade assustadora e violenta. As personalidades são conflitantes, pois não se reconhecem. Não é possível precisar quando uma assume o controle e a outra deixa de exercer algum papel.

Tínhamos a intensão de tratá-lo, a fim de encontrarmos uma cura para esse mal que o envolve, porém, ontem, Adolpho Nunes/Lúcifer feriu um dos guardas, fugiu desse sanatório e levou consigo Rosane. Não sabemos se a jovem fugiu com ele por afetividade ou se está sob seu domínio ou cárcere, como uma cativa.

Tomás Aquino
Sanatorium Psiquiátrico de Jerusalém

† † †

[31/10/1965]

***

Após a leitura do relatório, André sentou-se, desolado, e em lágrimas se desfez, pois o frio assassino estivera diante dele o tempo todo. Um ódio fez ferver seu sangue, mas já era tarde demais, porque Lúcifer estava longe da cidade de Tupã Kiriri.

POSFÁCIO

Em *Cartas de um demônio* vocês leram relatos baseados em fatos reais produzidos a partir de uma reconstrução textual que realizei 10 anos após a morte da 13ª mulher, na cidade de Tupã Kiriri. Ao todo, 13 mulheres foram mortas por um assassino em série. Os crimes ocorreram entre os anos de 1971 e 1991, sempre no dia 31 do mês de outubro, data em que se comemorava a Festa das Ruas Escuras. É também a mesma data conhecida por *Halloween*, isto é, o Dia das Bruxas.

A cidade de Tupã Kiriri foi abalada por essas mortes. Todos os principais detalhes dos crimes foram achados em documentos jornalísticos na gaveta da escrivaninha da residência de André Cassiano de Souza, meu avô paterno.

Os escritos aqui apresentados contêm inúmeros detalhes dos feminicídios, colhidos dos depoimentos realizados na época dos acontecimentos, graças ao trabalho investigativo que ele desenvolveu por muitos anos.

Não espero mérito nesta narrativa, mas acredito que é válido para que vocês saibam de toda a verdade, eis que a intenção aqui é revelar o verdadeiro nome do homicida que assombrou a vida da população de Tupã Kiriri.

Por muito tempo, meu avô se dedicou a investigar os casos. Ele, indignado, porque até então ninguém havia identificado o facínora, decidiu percorrer a cidade, levantando indícios que pudessem esclarecer os fatos.

A corporação de homens da lei formada por policiais locais e distritais não pôde identificá-lo por duas razões: seria impossível admitir que o assassino integrasse a equipe de patrulheiros; então, isso nunca foi cogitado. E, de fato, o assassino não era um policial. E muito menos que ele fosse um cidadão de bem, que se apresentasse

✝ ✝ ✝

como se realmente o fosse. Teria de ser um homem frio, calculista e que não sentia remorso.

Com essas negativas, por muito tempo nenhum suspeito foi levado a jure. A corporação fez tudo o que estava ao seu alcance. Investigaram profundamente os feminicídios, mas, infelizmente, o assassino saía ileso.

Um investigador particular também não conseguiu identificá--lo. Porém, nesse caso em particular, a razão foi outra. Ele não tinha o discernimento para enxergar a verdade diante de seus próprios olhos. Era, ao mesmo tempo, um possível suspeito e aquele que procurava pelo criminoso. Ainda, os dois delegados que estiveram à frente das investigações também não conseguiram elucidar os crimes, mesmo com tanto empenho. Um, por não ter tido a perspicácia de perceber os detalhes e as evidências, e, o outro, pela perda de um ente querido, o que o desequilibrou.

Como elucidar os crimes? Quais pistas eram reais? Dúvidas como essas pairavam na mente de meu avô. Foi, então, que um pequeno pedaço papel encontrado em 1971, tornou-se uma prova cabal de quem poderia ter cometido os crimes. Deixo-vos a leitura e, quem sabe, vocês mesmos poderão identificá-lo.

Cidade de Tupã Kiriri, 31 de outubro de 2002.

Adílio Souza.